ケイン
（真島景・まじまけい）
シルヴェール
シセリア
ファーベル

ディアーナ
シディア
グラウ
ラウゼ
コルネ
ハインベック
ノヴェイラ
エレザリス
ペロ

ビームを放つ巨木
俺の小屋の建材になれ！
ドワッ
ウオオオ
ケイン！死ぬぞ！そろそろ死ぬぞ！
うおおおおお
ズルズル
呪いの大岩
☆建材との死闘は続く……！

くたばれスローライフ！ 1

著：古柴
イラスト：かねこしんや

目次

プロローグ　ネコとの対話

神秘。

かつて世界に満ち溢《あふ》れていた神秘。

科学万能の現代において、それはもはや死に絶えてしまったのだろうか？

いや、否《いな》だ。

断じて否！

科学で説明のつかない神秘は、いまだ日常のどこにでも潜んでいる……！

そんな数ある神秘の一つ。

それが『異世界トラック』だ。

大きさ、形状、メーカー問わず、トラックには撥《は》ねた人間を低確率で異世界へぶっ飛ばすという神秘的な能力が備わっている。

なぜ、人の手によって作り出されたトラックがそのような能力を宿すことになったのか？

これもまた科学では太刀打ちできない神秘の一つだ。

所詮《しょせん》、現代人が誇らしげにかかげる科学という名の松明《たいまつ》では、世の神秘を照らしきることなど到底不可能なのである。

さて、この異世界トラックなのだが、効果は主に三種類。

（１）対象の魂だけを異世界へぶっ飛ばす。
（２）対象をまるごと異世界へぶっ飛ばす。
（３）対象を分裂させて一方を異世界へぶっ飛ばす。

ごく普通の会社員であった俺——真島景《まじまけい》が体験することになったのはこのうちの三番目であった。

帰宅途中、暴走トラックとエンカウントした俺はぶっ飛ばされ、上空へ遠ざかりながらも事故現場でジタバタのたうち回っているもう一人の『俺』を見た。

いったい己の身に何が起きたのか？

それを理解する間も与えられず、ぶっ飛ばされた俺はぐんぐん加速し、地図アプリをぐりぐりズームアウトするように地球の外にまで飛び出した。

加速は収まるどころかより増していき、ついには光すら超越する速度となって俺を太陽系から、銀河系から、銀河群から、銀河団から、そして超銀河団から放り出した。

やがて宇宙中の光が一点に集束し、その光すらも見えないほどにすべてから遠ざかってしまったとき、急に明かりが満ち、俺は真っ白な不思議空間に全裸でふよふよ浮かんでいたのである。

もう今の俺には、居残りになったもう一人の俺がどうなっているのか知る術《すべ》はないが……きっと自分を撥ねたトラックの運転手や、所属する会社からがっぽり慰謝料を毟《むし》り取ろうと死に物狂いでごねているに違いない。叶《かな》うならば、もう働く必要がないほどの大金を得てほしいところ……。

頑張れ、もう一人の俺！

で、その一方——

「つまりですね、私はスローライフをね、実現したいのですよ」

こっちの俺は全裸正座で白い猫とお喋《しゃべ》りをしている。

当人（当猫？）がはっきり告げたわけではないが、おそらくは神さま、名前はニャザトース

俺はこれから向かうことになる異世界——新天地で、どうせなら日頃からの夢を叶えてやろうと

お願いをしている最中なのである。

「邪悪なマスコミに毒された者たちがお互いを監視し合い、不確かな憎しみばかりが膨れあがる社会に生きていたものでね……疲弊した心が安らぎを求めているのです。豊かな自然の中で、のんびりと暮らしたいのです。わかりますか？」

『わからん。もっと具体的に話せ』

この神さま、可愛《かわい》らしいのにちょっとつっけんどんだな……。

神さまが言うには、異世界トラックされた者は『界渡りエネルギー』なるものを抱えることになり、そのまま異世界へ着弾するとたいへんな被害を発生させるらしい。

そこで世界を管理している存在——いわゆる神さまは、そのエネルギーを回収するかわり、その身一つで別世界へと放り出される哀れな者へ、少しばかりの施しをしてくれるとのこと。

新しい世界で暮らすにあたり、当人が必要だと思う能力を一つ——。

そこで俺は張りきって『スローライフを実現できる能力！』的なことを言ってみたのだが……こうして駄目出しをくらっている始末。

どうにも、その『実現できる能力』は自分で考えて提案しなくてはならないようだ。

「これまでに訪れた者たちはなにを願ったのですか？」

『思うがままに魔法を使えるようになりたい、そう願う者が多かった』

異世界は魔法ありの中世的西洋ファンタジー世界とのこと。

であれば、確かにその願いは惹《ひ》かれるものがある。

「お願いしないと魔法は使えないのでしょうか？」

『努力次第だ。夢幻世界に満ちる創造の残滓《ざんし》。これにどれだけ馴染《なじ》めるか、それだけだ』

「ふむ……？」

詳しく尋ねてみたところ、施しなしでも魔法を身につけ、使いこなせるようになることがわかった。

こうなると、わざわざお願いする必要は薄れてくる。

それにだ、なまじ力があるとちょっとは試してみたくなるもの。それで普通なら無理だとあきらめる困難にも、うっかり立ち向かってみようなどと気の迷いを起こすのだ。

結果として、人から注目されるような立場になってしまうと、それは次第にしがらみとなってスローライフに影を落とすことになるだろう。

スローライフに過ぎた力は不要だ。

いや、そもそも人里から離れ、自然の中で隠者のように暮らすつもりだからそんなことを気にする必要はないのか……？

ならば――

「おまけで言葉や文字を理解できるようにしてくれるとのことですが、これをなくしてお願いを二つにできたりしませんか？」

『駄目だ』

すげない。

まあ、現地人たちとの意思疎通に困らないように――という神さまの配慮を無下《むげ》にするのは褒められたものではないか。

「いざ降り立つことになる場所についての要望は、お願いとは別で聞き入れてもらえますか？」

『聞き入れよう』

「ありがとうございます」

すぐに望んだ場所へ行けるのはありがたい。

スローライフに適した場所を探し求め方々へ移動するのは、元の世界とは比べものにならないほどの苦労に違いないからだ。

さてさて、こうなるとあとはその『望んだ場所』でスローライフを実現するための『何か』を決めるだけである。

そこで俺はスローライフを送る自分の姿を思い描いてみた。

恵み豊かな森の中で穏やかに暮らす日々を……。

「ん？」

ふと、気になったこと。

それは旅行先の外国で飲み食いした結果、上だけでなく下からもマーライオンしてしまう貧弱な日本人が、異世界の生水を飲んでも大丈夫なのかという切実な問題であった。

「あー、そうか……いや、そうだ！」

稲妻のような閃《ひらめ》きがあった。

これだ、これがスローライフに必要なものだ！

俺は天啓を得た興奮そのままに、お股《また》おっぴろげのω《タマタマ》大公開で毛繕いを始めていた神さまに告げる。

「では、私を環境にすんなり『適応』できるようにしてください！」

第1話　夢と希望の新生活

神さまとのやりとりを終えたあと、俺はすみやかに新天地へと送られた。

要望通りであれば、ここは人里から離れており、食料が豊富で、なおかつ美味《おい》しいものが多く、おまけに魔法を身につけやすいというスペシャルな森の中のはずだ。

「ふ……ふふ、ははは……」

まず胸に込み上げてきたのは、言葉では表現しきれないほどの圧倒的な解放感。それに遅れて、これから夢に描いていた生活が送れることへの興奮が湧き上がってくる。

「はは……あははは、はーっはっはっは――――ッ！」

止まらない高笑い。

これまでの人生で最高の瞬間――いや、おそらく今後の人生においてもこれ以上の喜びが訪れることはないだろう。

アホばかりの世に生まれたことを嘆くことから始まる人生。それを歓喜とともに再スタートさせられる、そんな僥倖《ぎょうこう》を凌駕《りょうが》する出来事など……！

「ああ、素晴らしきかな、素晴らしきかなスローライフ！」

両手を挙げてのガッツポーズ。

やがて――ひとしきり笑い、ようやく落ち着いた俺はまず自分の状態を確認するところから始めた。

不思議空間ではすっぽんぽんだったが……気づけば見慣れぬ衣服を身につけ、ちゃんと靴も履いている。

「これは……サービスか、ありがたい」

神さまの気配りに感謝しながら、次に辺りを観察する。

現在、俺は直径五十メートルほどの、整地でもされたかのような空き地のど真ん中に立っており、その周囲はすぐ先も見通せないほど鬱蒼《うっそう》とした森になっていた。

森の奥に、たまたまきれいな空き地があった――なんて話はさすがに無理があるので、この場所もまた神さまが用意してくれたものなのだろう。

「あの神さま、無愛想だけど親切なんだな……。よし、ここを活動拠点にするか」

神さまが用意してくれた場所だ、きっと霊験あらたかなパワースポットに違いない。

「じゃあ次は水と食料をどうにか――」

と呟《つぶや》いた、その時――

「ピギィーーッ！　プギギィ――――ッ！」

「うおっ!?」

後方でけたたましい獣の鳴き声が。

びっくりして振り向くと、そこには空き地に入り込もうとしているやたらでかいイノシシがいた。

「なんだあれ!?」

さすがに某もののけ映画の喋《しゃべ》る大猪《おおいのしし》ほど大きくはないが、それでもサイやカバほどにでかく、下顎《したあご》からは凶悪な牙を生やしている。

「や、やべ――あだっ」

恐怖に駆られ、咄嗟《とっさ》に逃げようとした俺は足がもつれてそのまま尻もち。

まずい――。

そう一瞬焦るも、よく見ればイノシシはこの空き地に少し踏み込んだところでそれ以上進めず、四苦八苦しているようだった。

「うおぉ、安全地帯なのかここ。マジで霊験あらたか。ありがとう神さま……！」

完全に俺を狙っているイノシシ。

つか、奴が苛立《いらだ》って喚《わめ》くまで、俺はその存在に気づけなかった。ここが安全地帯でなかったら、俺のスローライフはいきなり終了していたかもしれない。

「もしかして、この森ってあんなのがいっぱいいるのか？　やべえ、そういや危険が少ない森って条件つけるの忘れてた……」

安全性については勝手に、キャンプ場になっているような森の感覚でいた。

完全に失策だ。

「ま、まあ、ひとまずここにいれば大丈夫なんだ。なんとかなる。神さま、マジでありがとう……」

落ち着きを取り戻した俺は、改めてこれからどうするかを考える。

ここにいれば安全が確保されるとはいえ、ずっと籠《こ》もっているわけにはいかないのだ。

三の法則――というものがある。

これは三という数字を基準とし、状況に応じての人の生存可能時間を表したものだ。


三分は『呼吸』。

人は呼吸できないと三分程度しか生きられない。

三時間は『保温』。

人は適切な体温を保てないと、三時間程度しか生きられない。寒さの場合は低体温症、暑さの場合は熱中症になり命を落とす。

三日は『水分』。

人は水分補給できないと三日程度で衰弱。近いうちに命を落とす。

三週間は『食料』。

人は水があっても食料がなければ三週間程度で餓死することになる（肥満等で脂肪を多く蓄積している場合はもっと生きられるが）。


つまりこれは極限状況における、優先すべきものの目安だ。

最優先から順に『呼吸』『保温』『水分』『食料』である。

この状況に照らし合わせると、まず『呼吸』と『保温』は問題ない。呼吸は言わずもがな、気温も適度に暖かいため、夜になっても凍死に至ることはないだろう。

となると、現状、問題になるのは『水分』と『食料』だ。

見つけるのもたいへんだろうが、まずそもそも、あのイノシシがどっか行かないと探しに行くことすらままならない。

なんとか追い払う方法を……。

「――いや、そうか！　ここで魔法の出番だ！」

この安全地帯で魔法を習得し、使いこなせるようになれば一気に問題は解決する。

水は魔法で出せばいいし、食料はすぐそこにイノシシがいる。

つまりこの状況、実はお誂《あつら》え向きなのだ。

「もしかして、これって神さまの用意したチュートリアル？　なら……そうだな、ここはいっちょ魔法をぶっ放してみるか！」

俺は胸の前で拳を握りしめると、大いなるパワーがギュンギュン溜《た》まっていく様子をイメージした。

この行動がどこか懐かしいのは、少年時代、何度もこうやって『かめ○め波』を撃とうとチャレンジしたことがあるからか。

そして――

「うおぉぉ――――ッ！　ファイヤァァ――ボォォ――――ルッ！」

バッ！

イノシシに向けて突き出した手からは――

「……おや？」

火の玉どころか、煙すら出てはこなかった。

＊＊＊

異世界生活三日目――。

最初はなかなか使えない魔法も気合いのごり押しでどうにかなるだろうと叫びまくり、跳んだりはねたり、歌ったり踊ったりと謎の儀式を行い、さらには『もしかしたら尻からなら出るかも』と踏ん張ってみたりしたが、結局出たのは検問を突破した屁《へ》くらいのもので、魔法はさっぱりという結果に終わり、現在に至っている。

要は、魔法は使えないうえに大いなる『三の法則』に従い、俺は順調に衰弱しているということだ。

現状、俺の未来は実にシンプルなことになっている。
（1）ハンサムの俺は突如魔法を覚えイノシシを倒す。
　俺のスローライフはこれからだ！
（2）衰弱死。現実は非情である。

残念、俺のスローライフはこれで終わってしまった！

このたった二つしかない未来で、実現する可能性の高いのが――

「ま、魔法……頼む、水、出ろ……お、お水さま……出て……」

残念ながらの二番！

地に伏してうめく俺は、いよいよ限界が近かった。

もう辺りにこれでもかと茂っている木々の葉とか、草とか食べて水分補給したいところだが、忌々《いまいま》しいクソイノシシがマジで某大猪みてえに執念深く俺を狙っているせいで、安全地帯から出ることすらできやしない。

こっちの姿が丸見えなこともあり、こっそり離れた場所から脱出しようとしても、奴は何食わぬ顔でトットットと軽快な足取りで回り込んで待ちかまえてきやがる。マジでふざけてる。

「み、みず……うぅ、みず……みずがほしい……」

水が、今はただ水が欲しい。

この渇きを潤せるなら、きっと世界だって滅ぼせる。

平和、自由、平等、そんなものより水が欲しい。

なるほど、環境保護が一部の持てる者たちの道楽であるわけだ。

衣食足りて礼節を知る。

持たざる者はただ抗《あらが》い戦うのみ。

一人の命は地球より重いのだ、自分にとっては。

「お、俺の冒険……じゃなくて、スローライフは、ここで、終わってしまう……のか？」

魔法さえ使えたらすべてが解決する。

なのにその魔法が使えない。

でも、神さまは誰でも使えると言っていた。

この世界を創造した神さまが『使える』と言っていたものが『使えない』という状況は『おかしい』のだ。

だから使える、使えるはず――じゃなくて、使えるんだ。

つか、使わないと死ぬ。

始まったばかりのスローライフが、たったの三日で終わってしまう……！

「そ、そんなのは……認め、られない……！」

よろめきながらも立ち上がる。

この、ちょっとばかしハードなチュートリアルをクリアして、俺はスローライフを続けるのだ。

「ぬあぁぁ――――ッ!!」

生まれてこのかた、これほど真摯《しんし》に願ったことはない。

強く強く、ただただ『水よ出ろ』と念じる。

「はッ!!」

突き出す右手。

でも、水は出なかった。

「ちくしょう！　なんでだよ!?」

やはり現実は非情であった。

「なんて、こった……」

膝をつき、天を仰ぐ。

「神さま、見ていますか、それとも俺のことなど忘れて毛繕い中だったりするんですか。せっかく安全地帯を用意してくれたのに、俺はそこから一歩も出られずに死にそうになってますよ……」

こんなことなら、大人しくすぐ魔法を使えるようにしてもらえばよかった。

俺が望んだ『適応』は、この状況でいったいどのような働きをしてくれる？

そのうち飢餓に『適応』して、水も食料も摂取しなくとも生きていけるようになったりするのだろうか？

だが、現状はその『適応』を待たずして死にそうなのだ。

「まずは魔法……でも、お水出ないお……」

どうやったら魔法が使えるか？　無愛想な神さまだが、質問にはちゃんと答えてくれた。難しい内容ではなかった。いや、むしろ簡単であり、すぐにでも使えそうな気になった。

要はその現象を発生させようとする『意志』と、それからその現象を発生させる『感覚』さえあれば――というだけの話だ。

どう考えても『意志』は充分である。

もう死ぬほど願ってる。

ならば俺に足りていないものは……『感覚』なのか。

「ああ、そうか……魔法の使える使えないはコレなのか……」

ここにきて理解する。

すぐ魔法を使えるようになりたいと願った連中はコレに躓《つまず》くことなく魔法を使え、そして使うことでよりその感覚を獲得していく。

それに比べ、俺は体験する前にその感覚を獲得しろと求められている。

まるで金庫の中の鍵だ。

「くそっ、魔法で水を出す感覚なんてわかるわけねえ……！」

もうダメだ。

そう絶望しかけた、その時――

「――ッ!?」

稲妻のような閃《ひらめ》きが。

「いやっ、違う……！　俺にはその『体験』がある……！」

俺は震えながら立ち上がり、それから全裸になった。

べつに全裸にまでなる必要はなかったが、そこはもう勢いだ。

「うおぉぉぉ――――ッ！」

そして俺は咆《ほ》えた。

微《かす》かな希望を胸に、残る気力を振り絞り——

「むん！」

全身全霊でおしっこをしようと息んだ。

が、おしっこは出ない。

出るわけがない。

もはや俺の体内に余剰な水分など存在しないのだ。

けれど、出なくてもかまいはしなかった。

要はこの感覚。

おしっこを——水分を出すこの『感覚』を人差し指に込める！

「だっしゃぁぁぁ——————ッ!!」

瞬間、死の運命は裏返る。

しょばばばば——と、人差し指の先から水が放出されたのだ！

「あぁぁぁぁッ!!　お水さま出たぁぁ——————ッ!!」

水——水だ。

歓喜に打ち震えるのもわずかな間、俺は食らいつくように人差し指を咥《くわ》え、実に三日ぶりとなる水を飲む。

「んがっ、んぐっ、むちゅちゅちゅちゅちゅちゅ……！」

大自然の中、全裸のまま夢中で飲む水はあまりにも美味《うま》い。

美味すぎる。

これはもう犯罪的ぃぃ————ッ！

「なんという美味さ……ッ！　こんなに美味い水を飲んだのは初めてだ！　なるほど、これがスローライフの醍醐《だいごみ》味か……！」

つい先ほどまでは絶望すら感じていた。だが、やっとのことで使えた魔法がもたらした水、これが俺に活力を授け、折れかけていた心を立ち直らせ、また、スローライフへの志《こころざし》をより確かなものとした。

「ああ、素晴らしきかな、素晴らしきかなスローライフ！」

調子が出てきた俺は、指先から出していた水を今度は手のひらから出すことに挑戦した。

するとどうだ、あれだけ頑張っても出なかった水が、どばどばっとまるで出て当然であるかのように溢《あふ》れ出すではないか。

「そうか、この感覚か……！　そうかそうか！　あはははは！」

俺はゲラゲラと笑い、笑い、笑い、それからこちらの様子が変わったことにちょっと戸惑っているイノシシに手をかざす。

「腹ペコだろ！　水を奢《おご》ってやるよ！　死ぬほど美味いぞ！」

もう感覚は掴《つか》んだ。

今となっては、どうして魔法を使えなかったのか不思議なくらい馴染《なじ》み、使おうとした魔法は思った通りに発動。巨大な水の球がイノシシをすっぽり包み込む。

「……ッ!?　ゴボボ……！　ボボ……ッ!?」

もがくイノシシ。

だが水球から脱出することは叶《かな》わない。

「知ってるか？　呼吸ってのは最優先で確保しないといけないんだぜ？」

いくらでかい図体《ずうたい》を誇ろうと、呼吸ができなきゃ死ぬだけだ。

「……ボボッ……ゴボッ……」

イノシシはみるみる弱っていき、やがてうんともすんとも言わなくなった。

「いーち、にーい、さーん……」

それでも念のため、俺はイノシシを水球に閉じ込めたまま千数え、それからやっと解放する。

どさっと、ずぶ濡《ぬ》れの状態で地に伏すイノシシ。

「やったか!?」

さらに念を入れてフラグも立ててみる。

だが、イノシシは動かない。

動かない……よな？

うん、これはもう喜んでもいいだろう。

「――つしゃぁぁしゃあッ！　よっしゃあぁぁッ！」

これでチュートリアルはクリアだ。

「水、オッケイ！　食料、オッケイ！　オッケェエイ！　スロォオラアア――――イフッ！」

異世界生活三日目、おちんこ出したりもしたけど、俺は元気です。

＊＊＊

魔法を覚え、ようやく始められたスローライフ。

だが、この森はただ魔法が使えるというだけでスローライフを満喫できるほど容易《たやす》い場所ではなかった。

この森に棲《す》む動物たち——場合により植物は、何かの間違いでひょっこり地球に現れようものなら、軍が出動して対処しなければならないほど凶悪で馬鹿げた存在であったからだ。

この脅威との戦い——というか向こうが勝手に襲いかかってくるのだが——に、俺は何度も叩《たた》きのめされることになった。

そんな状況で俺の助けとなったのが、神さまに施された『適応』だ。

この能力は予想よりもずっと強力で、叩きのめされているうちに『適応』して攻撃が効かなくなってくる。

要は我慢してさえいれば、どんな強敵相手でも最後には打ち勝てるのだ。

もちろん、普通の奴なら大怪我《けが》を負った時点で心が挫《くじ》け、そこであきらめてしまうことだろう。

だが、俺の胸には不屈のスローライフ魂が宿っており、どんな困難にも挫けることはなかった。

「うおぉぉ！　高まれ、俺のスローライフよ！」

初めこそ弱者であった俺。

しかし気づけば、森の獣たちを蹂躙《じゅうりん》する強者となり、ここにきてようやくスローライフを満喫できるようになった。

「ふははははは！　圧倒的じゃないか、我がスローライフは！」

ああ、なんという充足感であろうか。

これがスローライフ。

これこそがスローライフ。

世のスローライファーたちは、こんな爽快で楽しい毎日を送っていたのか！


そんな満ち足りたスローライフな日々のなかで、特筆すべきことがあった。

シルという友人が一人（？）できたのだ。

正しくはシルヴェール。

初めて会ったときはてっきり森に住む魔女かと思った。

なにしろこんな森の中、その格好が毛皮の貫頭衣《かんとうい》とかであれば違和感など抱かないのだろうが、シルはファンタジー感たっぷりの装飾を施された、同じ布から仕立てられたとおぼしき上着とズボンという、浮くどころか超然とした姿で現れたからだ。

長い髪は黒に近い深紫、瞳は青みのある透き通った紫苑《しおん》。顔立ちはたいへんな美人さんだが、無駄に毅然《きぜん》としているせいでお堅く見え、近寄りがたい雰囲気を醸しだしているのがちょっと残念なところ。

まあ実際口調も硬かったりするが、性格のほうはだいぶ穏やかで親切な奴だ。なかなかのお節介焼きでもあり、なにかと俺のことを気にかけてくれる。ちょくちょくやってきては、色々とこの世界の話を聞かせてくれたり、塩や調味料、衣類やちょっとした家具、書物など、俺の生活向上のための援助もしてくれた。

正直、シルには感謝している。

している……のだが、シルはちょっと困ったところもある奴だ。

俺の名前は『景《けい》』なのに、勝手に『ン』をつけて『ケイン』と呼んできたり、望んで森に籠もっている俺に対し、たまには森から出て世界に目を向けてみてはどうかと勧めてきたりする。

あと、俺を珍しいオモチャかなにかと勘違いしているのではないかと疑いたくなるときも。

三十二のオッサンだった俺を、十六の小僧にしてしまうというたちの悪い悪戯《いたずら》をされたときはさすがに驚いたものだ……。


『ふぁ!?』

以前「少しは身なりも気にしろ」と贈られた鏡に映るのは、同じく贈られた異世界の服を身につけた若造の姿。

黒髪に濃褐色の瞳、世の不条理に対する憎しみが表れでもしたかのような拗《す》ねた顔立ちの、日本のどこにでもいるごく普通の少年……に戻った自分。

あれほど自分の姿を眺め続けたことは、元の世界でもなかった。

『ふむ、お前の人相が悪いのは昔からなのか……』

『よーし、シル、今日はお前に異世界の伝統的な座り方——正座というものを教えてやろう』

そのあと無茶苦茶説教した。


とまあ、シルはまれにとんでもない悪戯を仕掛けてくるが、俺が一番困ったもの、それは——

「なあケイン、やはり私にはお前の言うスローライフというものがいまいち理解できないのだが……」

そう、シルはどれだけ言葉を尽くしても、スローライフを理解してくれないのだ。

「なんでだ……。もう何度も説明しただろ？」

「ああ、聞いた。何度も」

「なんでわからないんだ？　ほら、まさに俺が満喫しているこの生活そのものだろ？」

「私には致命的な乖離《かいり》を起こしているように思えるんだ、そこが」

「なんでだよ!?」

まったく、こいつは本当にスローライフを理解しやがらない。

「しゃーない。じゃあ俺がさらにスローライフらしい生活をしているところを見せれば、なんとなくでも理解するだろ。つーわけで、そろそろこの場所に立派な家を建てることにする！」

「なるほど、聖域の効力も弱まってきているから安全のためにも頑丈な家を建てる、まったく正しいな。手配しようか？」

「おいおい、それじゃあスローライフじゃなくなっちまう。自分が住む家なんだから、自分で木を切り、岩を割り、そうやって資材を集めて建てなきゃ意味がないんだ。へへっ、こいつぁ活《い》きのいいスローライフになるぜぇ……。わくわくしてきやがった！」

「なあ、それはもはや、ある種の開拓なのではないか……？」

「だから、スローライフだっつーの！」

物分かりの悪い友人にあきれつつも、その日から俺は自分の城となる立派なログハウスを建てるべく――


『ギャギャギャァア――ッ、ギリギリリリリィィ――――ッ！』

「やかましいわこの木材！　――ぐあっ、急にビーム放つんじゃねえ！　熱いだろうが！　無駄な抵抗はやめて大人しく俺の家になれ！」

「ケイン！　とれてる！　腕とれてる！　とれてるぞお前ぇ！」

森に棲む魔獣よりも攻撃的でやたら強靭《きょうじん》な大樹や――


「おい！　ケイン！　死ぬぞ！　そろそろ死ぬ！　顔色とかすごいことになってるから！　意地になるな、今日は引け！　おいって！」

「んぎぎぎぎぎ……ッ！　基礎……家の基礎ぉ……ッ！　適応……早く……早くぅ……ッ！」

不用意に近づくと衰弱死する大岩など、これぞと思える建材との死闘に明け暮れる日々が続く。

さすがにこの森でも特にヤバイ奴らだ。

今や強者となった俺でも、わずかな隙《すき》を見せただけで容易に傷を負い、血を流し、時には手足がもげたりした。

しかしそんな目に遭っても、俺は楽しくて仕方なかった。

なぜなら、今の俺はかつて焦がれた夢を生き、その夢の象徴となる家を建てるために頑張っているからだ。

「すごい……世界との一体感を感じる。今までにない何か熱い一体感を。風……？　なんだろう、吹いてきている、確実に、着実に、この俺のほうに……」

「おーい、ケイン、あまり物騒な威圧をまき散らすなー。魔獣が森の外にまで逃げていきかねないからー」

シルは時折やってきては、資材集めに奔走する俺のスローライフぶりを見学した。

そわそわと、どうも手伝いたそうな顔をしているときもあったが、自分の力だけで家を建てるという偉業を達成したかったので、お手伝いはやんわりと固辞した。

＊＊＊

そして――異世界生活二年目。

季節が夏から秋へと移り変わる頃、俺の家はとうとう完成した。

「ああ、家だ……俺が、俺のために、俺の力だけで建てた……スローライフの象徴……」

「よくやったよ、お前は。本当に」

感動に打ち震える俺をシルは讃《たた》える。

しかし――

「だが、やはりスローライフはわからないままだな」

「えぇぇ……」

俺、超頑張ってスローライフしてたのに……。

「はあ……。まあ、いつか理解してくれたらいいさ……」

無理にスローライフを理解させるつもりはない。

これまでの説明だって、シルが「どうしてお前はこんな場所でこんな生活をしているんだ？」と尋ねてきたのがきっかけだ。

俺がシルに求めるのは、この、スローライフの象徴であるログハウスに時々遊びに来てくれること、それだけでいいのだ。

とまあ、ようやくしっかりとした拠点を構えたことにより、俺のスローライフはますます充実したものとなった。

＊＊＊

季節はさらに巡り、異世界に来てから三年目のある春の日。

俺は、はたと気づいた。

「これスローライフじゃねえわッ！　ただのサバイバルだッ!!」

衝撃の事実であった。

この身に起きたことをありのままに語るならこうだろう。

『異世界でスローライフを楽しんでると思ったら、実際は死に物狂いでサバイバルしているだけだった件！』

わけがわからない。

俺の話を聞いた者は、きっと何を言っているのかわからないと思う。

なにしろ俺ですらわからないのだ。

頭がどうにかなりそうだ。

その瞬間が訪れたとき、俺は自慢のログハウスでのんびりとお茶をしていた。

自家製の薬草茶を注いだ、古代の土器のようなみすぼらしい湯飲みは、俺が異世界に来て初めて作り上げた品。記念品であり、そしてささやかな誇りでもあった。

そして湯飲みの横にある皿には、元の世界にあったお菓子がこぼれ落ちるほどこんもりと盛られている。

これは俺が魔法で創造したもの。

ついさっき、創造できると判明したものだ。

そう、望みさえすれば、ごく一部ではあれど、俺はこうやって元の世界の物すらも魔法で創造できたのである。

この事実に早く気づいていれば、スローライフはもっと楽になっていたのではないか——。

そう思ったのがすべての発端だった。

次に俺は『元の世界の品々を創造するのは、せっかく安定してきたスローライフを台無しにしてしまうのではないか？』と危惧《きぐ》した。

そして『そもそもスローライフとは？』とその定義について考え、ついに気づいてしまったのだ。

スローライフをしているつもりが、サバイバルをしていたという事実に。

いや、サバイバルどころか、これってリアルに某狩りゲーをやっていたようなものではないか？

いくら舞台が自然豊かな世界とはいえ、あれはサバイバルを超越した何かであって、スローライフとは対極のものだ。

「い、いったいどうしてこんなことに……？」

ひとまず、思い描いていたスローライフがどこで食い違ってしまったのかを考えてみる。

スローライフといったら、おおよその人は脱サラしてのんびり田舎暮らし——なんてイメージがあると思う。

実際、俺もそうだった。

だからこそ、こうして自然豊かな場所を選んだのである。

しかし……だ。

本当にその選択が正しかったのか、今となっては疑問を抱かざるを得ない。

自分しかいないということは、なにもかも自分一人でやらなければならないということ。

これはたいへんな苦労である。

これなら少しばかり譲歩して『田舎』を指定すればよかったのか？

「いや、それはなにか……おかしい……」

先に述べたように、スローライフは『田舎でこそ』というイメージがある。

けれど、それは真実なのか……？

まるで田舎が『良いもの』であるような印象は、事実と食い違っていたりしないのか？

「田舎……？　田舎だと……？　なにを馬鹿な……ッ!!」

田舎とはなにか？

田舎とは、前時代的な悪習が蔓延《はびこ》る地獄のごとき閉鎖社会。

少なくとも俺にとっては地獄だ。

自治会・青年団・老人会・婦人会などなど、その地域においては法をも超える謎の権力を有する結社に支配された永遠の世紀末である。

必ずしもそうとは言えないだろうが、概《おおむ》ねそうだという声もある。

とにかく、田舎とはそういうものなのだ。

では、どうしてこれがスローライフに結びつけられたのか？

そもそも『スローライフ』という言葉の定義は曖昧だ。

穏やかな生活様式を表す言葉であり……いや、生活様式だけを表す言葉であったのだ。

スローライフを送れば、穏やかな生活が実現される『かもしれない』という、ただそれだけの言葉。

だからこそ——利用された。

田舎に！

田舎に人を招き入れる、あるいは送り込むことによって利益を得ることができる詐欺師たちに！

「その最たる存在となれば……やはり、マスコミか……！」

奴らこそがスローライフという言葉を——いや、概念すらも決定的に変貌させた張本人で間違いない。

なにしろスローライフという言葉を恣意《しい》的に改竄《かいざん》、その危険性を『豊か』だの『充実』だの『気まま』だのといった言葉で覆い隠し、さらには『地域活性化』だのと大義名分を張り付けて日本中に拡散したのだから。

ああ、現代社会に疲れ、穏やかに生きたいと願う無辜《むこ》の人々を騙《だま》し、田舎へと送り込むマスコミのなんと邪悪なことか！

「……そうだ、奴らはいつだって俺たちをもてあそんできた。一九九九年に世界が滅ぶだとか、とある連射名人はコントローラーのボタンにバネを仕込んでいたのがバレて詐欺罪で逮捕されただとか、そういう嘘《うそ》っぱちを信じさせようと日々腐心している悪魔ども……！」

俺は悪魔にそそのかされた。

そそのかされて、もはや取り返しのつかないところまで来てしまった。

なにしろ異世界の森の中だ、もう目もあてられない。

「騙された……騙されていたんだ……ッ！」

憤りのあまり手で弾《はじ》いた湯飲みは、茶をまき散らしながら壁にぶつかって砕ける。

湯飲みは――ささやかな誇りだったものは、今やマスコミにまんまと騙されたことを証明する忌まわしいトロフィーへと変貌した。

だから破壊した。粉々に。

しかし――

「あ、あ……」

茫然《ぼうぜん》としながら室内を見回す。

苦労して建てたログハウスの内部には、やはり苦労して作り上げた家具や道具が溢れている。

「あ、うぁ、あぁ……ッ！」

恥だ。

この家が、この家の中にあるものすべてが……！

「ウォオアァアア――――ッ‼」

怒り、悲しみ、憎しみ——そして後悔。

溢れ出した激情は魔法となって全方位に放出される。

「くたばれ！　くたばれスローライフ！　地獄へ落ちろ！」

チュドーンッと、我が家は木《こ》っ端《ぱ》微塵《みじん》に吹き飛んだ。

第2話　などと犯人は供述しており

スローライフという幻想の崩壊と共に我が家まで崩壊した。

だがそんなことはどうでもいい。

今気にすべきは、これからどうするか、それだけなのだ。

「ふーむ、今後の方針は悠々自適な生活の実現だな……」

俺は家があった場所——すり鉢状にえぐれた爆心地の中心に座り込んで考える。

つい先ほどまでの自分であれば『それがスローライフなのでは？』などと、とぼけた疑問を持つところだろうが、スローライフと悠々自適は別物、今ならばそれがわかる。

スローライフとはあくまで生活様式。

修行に例えるなら苦行だろう。

苦行とは肉体を痛めつけることで精神を高めようとする行為であるが、『悟るための苦行』はやがて『苦行によって悟れる』という手段の目的化を引き起こす。ゆえに釈迦《しゃか》には『無駄』と切り捨てられた愚かな試みである。

そう、様式や形式はそれに『頼る』という堕落を生むのだ。

対し、悠々自適とは『世間など気にせず自分の好きなように心安らかに暮らすこと』である。大げさに言えば魂の在り方であり、これはいかなる環境だろうが、どんな生活を送ろうが関係ない。

要は自分が満足であればそれでいいということ。

こう聞くと悠々自適は実に楽そうに思えるが、その『満足』を得るための様式や形式などは存在しないため、己で探し求め、歩み続ける覚悟と努力が必要だ。もし『ほどほど』で自分を誤魔化《ごまか》し、そこで満足してしまっては永遠に辿《たど》り着けない。ある意味、それは悟りそのものであろう。

俺はようやく気づいた。

本当に求めていたものは、悠々自適な生活だったのだ。

まったく、気づくまでにたいへんな回り道をすることになってしまったが、幸い、まだ手遅れではない。

この森で過ごした二年は、自分が本当に望んでいたものへと至るための過程であったと前向きに考え、これからは悠々自適な生活を実現するために行動すべきだと自分を奮い立たせる。

「少なくとも、このまま森でサバイバルしてるんじゃダメだな」

さしあたり、生活環境が整っている場所へ移動すべきだろう。こんな科学未発達の田舎世界であっても、大都市ともなればそれなりに発展しているはずだ。

「と、なると……いるな、金が」

都市で暮らすとなれば、当然ながら必要になるもの。

正直、働きたくはないが、ここは悠々自適を実現するためぐっと我慢して、なんとか一生遊んで暮らせるだけの大金を手に入れたい。

「どうやって稼ぐかは……まあ、行ってから考えるか」

そもそも金そのものが存在しない森の中であれこれ考えても仕方ない。

まずは金があるところへ移動しなければ、いくら望んだところで手に入れることなどできないのだ。

まあシルにおねだりすれば恵んでくれるだろうし、今となっては自分で作り出すことも可能なのだが……そういうズルはあまり気乗りしないので、本当に切羽詰まった状況に陥ったら、ということにする。

「よし。んじゃ、さっそく出発だ」

思い立ったが吉日。善は急げ。

着の身着のまま、すみやかに移動を開始する。

主に食料など、必要なものは『猫袋』――苦労して実現した魔法『蒼ざめた猫の存在理由《フォーディメンションポケット》』――に収納してあるので荷造りの必要はなかった。

まあ他は全部吹っ飛んだので荷造りも何もないのだが……。

「まずは森を出て、とりあえず王都を目指すか」

シルの話によると、この森は険しいアロンダール山脈の麓《ふもと》に広がる大きな森で、名前はそのままアロンダール大森林というらしい。

この森を出ると、そこはユーゼリア王国という小国の領土。

昔は大国の一部――ユーゼリア辺境伯領だったらしいが、治世が乱れ各地で分裂が起きた際に独立したとのこと。

これから俺が目指すのは、そんな小国の首都ウィンディアだ。

＊＊＊

森歩きを始めて六日目。

最初こそスローライフに対する激しい思い出し怒りで森を破壊しながら進んでいたが、この頃になるとさすがに気持ちも落ち着いてきたので無益な環境破壊もやめていた。

まあ森に立派な道もできて歩きやすくなったので、まったくの無益というわけでもないのだろうが。

「んー、もうそろそろ森を抜けてもいいと思うんだが……」

続くひたすらの森歩き。

たっぷりとある時間は、主に『悠々自適な生活』というものについて、より具体的なイメージを得るための思索に費やされていた。

しかし——

「うーん、せせこましい人生だったから、悠々自適ってのがいまいちイメージできないな……」

のんびりと、気楽に、のほほんと、穏やかに。

そんな言葉を連ねてみても、実際に悠々自適な生活を送っている自分というものがなかなか思い描けない。

「もし『悠々自適な生活を送れるようにしてください』ってお願いしていたら、神さまは叶《かな》えてくれたかな……？」

像を結ばぬ理想の生活。

いい加減うんざりして呟《つぶや》いた、その時だ。

「——ッ!?」

稲妻のような閃《ひらめ》きが発生した。

得た、確信を。

「そうだ！　猫だ！」

猫ほどに悠々自適という言葉が似合う存在もおるまい。

お手本にすべきは、そう！　猫なのだ。

「ふふ、悠々自適へ一歩前進だ。となると……そうだな、ここはひとつ心の中に猫を飼ってみるか」

この考えを聞いた者は『貴様はいったい何を言っている？　なぜ、本物の猫を飼い、そこから学ばないのか！』と憤ることだろう。

理由は単純。

実際に猫を飼ってしまうと、悠々自適が遠のくと俺は実体験から教訓を得ているのだ。

そう、あれは俺がまだ幼気《いたいけ》な少年であった頃のこと。

ある日、腹を空《す》かせた子猫が家に迷い込んできた。徳の高い少年であった俺は、子猫を哀れに思い餌を与えた。腹が膨れ満足したら去るだろう、そう思った。ところがだ、結局その子猫は天命を迎えるまで出ていかなかった。

その期間、実に二十一年。

時には天真爛漫《てんしんらんまん》に、またあるときには傍若無人に振る舞った猫。

あいつは悠々自適な生活を送っていたのだろうが、どういうわけかよく世話をすることになってしまった俺のほうはまったく悠々自適ではなかった。

ともかく、俺は天命のごとき閃きに従い、心に猫を飼うことにした。

神さまは白猫だったので、ここは……まあいいや、よく見知った茶白にしよう。

それから名前は——と、考えたときだ。

『————ッ！』

悲鳴か、それとも雄叫《おたけ》びか。

判断はつけにくいものの、聞こえたのは確かに人の声。

「やっと人がいるところまで来たか！」

イマジナリーニャンニャンは後回し。すぐに駆けだす。

つい一週間前まで自分から現地人と交流を持つ気などまったくなかったのに、我ながら現金なものだ。

やがて声がよく聞こえ、気配を捉えられる位置までやってくる。

と——

「ん？　もしかしてお取り込み中か？」

気配は人が三人、それから魔獣が一匹。

声の感じからして、戦闘が行われているようだ。

急いで声のもとへ辿り着くと、そこにはしっかりとした防具に身を包んだ騎士っぽいのが三人。

初めて出会うこの世界のまともな住人——第一現地人だ。

あと、なんかやたらでかい鼬《いたち》がいる。

「あ、ノロイさまじゃん」

俺は勝手にそう呼んでいるが、実際の名称は狂乱鼬《きょうらんいたち》だとか。

大型犬くらいある鼬で、やたら俊敏に、そしてデタラメに跳ね回って獲物を翻弄《ほんろう》する様子が狂って暴れているように見えることからそう呼ばれているらしい。姿こそ愛くるしいものの、こいつは風の攻撃魔法まで使う非常に狂暴な肉食の魔獣だ。

もし、この魔獣を日本に発送できたら『妖怪カマイタチは実在した！』とさぞにぎわうことになるだろう。マスコミまがいの人々がスマートフォンで撮影しようと不用心に近づき、風の刃《やいば》で惨殺されることになるに違いない。そしてその様子もまた撮影され、拡散され、残念な日常を生きる鬱《うっ》屈《くつ》した人々の心を慰めることになるのだ。

で、その狂乱鼬と対する現地人三人だが、すでに一人はやられて倒れており、もう一人があたふたと手当てし、回復ポーションらしきものをぶっかけている。そして最後の一人は剣と盾を構え、二人を背に庇《かば》い鼬を牽制《けんせい》していた。

「ふむ、態勢の立て直し中か……。いや、なにもぼけっと見守ることはないな」

ここは飛び入り参加して、助けに入ることにしよう。

これがまともな現地人とのファーストコンタクトだ。

危機を救ったとなれば無下《むげ》には扱われないはず――という下心を胸に秘め、まずは叫んで注意を引く。

「元気ですかーッ！」

『――ッ!?』

倒れている者以外――二人と一匹がビクゥッと反応する。

咄嗟《とっさ》だったのでなんだか嫌みにとられかねないことを叫んでしまったが、そこは結果を出すので許してほしいところ。

「元気があればなん――ってさっそく来た!?」

鼬が俺にターゲットを変え、ピョピョンピョーンと素早いジグザグステップを披露しながら襲いかかってくる。

きっと防具で身を固めた連中より、俺のほうが仕留めやすいと思ったのだろう。

「――っと」

咄嗟にかざした左腕に、ガブゥと食らいつく鼬。

「ん、ちょっと痛いか」

が、所詮《しょせん》はその程度。

いまさらでかい鼬に噛《か》みつかれたところで、こんなのは子猫の甘噛み、俺が負傷するようなことはない。

なにしろ、魔獣ひしめく森の中で二年のサバイバルだ。こんな鼬よりももっとヤバい魔獣たちにざんざん痛めつけられた結果、俺はすっかり『適応』して、この程度ではびくともしない強靭《きょうじん》さを手に入れている。

渾身《こんしん》の噛みつき攻撃がいまいち通用していないことに、鼬は一瞬あれっといった感じに動きを止めたが、すぐに食いついたまま身をよじって俺を地面に引き倒そうとしてくる。

だがしかし、この森に適応した俺の前では児戯に等しい。今やこの程度の力比べに負けるようなことなどないのだ。

結果、腕に食いついたきり、ジタバタするだけになった狂乱鼬。

そんな哀れな鼬の首に、えいやっと手刀を叩《たた》き込む。

めきょっ、と折れる首の骨。

実に地味な討伐となったが……まあこんなところに派手さを求めても仕方ない。

ファンタジー世界であっても地味なものは地味なのだ。

魔獣を倒してもキラキラと光に分解されたり、ふわっと消失して素材だけ残ったり、チュドーンと謎の大爆発を起こしたりはしないのである。

いや、絶命して白目を剥《む》いているにもかかわらず、俺の腕に食いついたまま放そうとしない鼬の根性はある意味でファンタジーなのかもしれないが……。

「おお、なんと鮮やかな！」

でろ～んとぶら下がる鼬をどうしようかと思っていたところ、一人でこいつを相手取っていた男――現地人Aが感嘆の声をあげた。

彼は革の上着とズボンの上に胴鎧《どうよろい》、脛当《すねあて》、籠手《こて》などの防具を身につけ、オープンフェイスの兜《かぶと》を被《かぶ》っている。晒《さら》している顔は人相こそ厳《いか》ついものの、喜びの表情を浮かべているためか親しみを感じさせる。年齢は元の俺と同じくらい、たぶん三十前後だろう。

「えーっと……勝手に助けに入っちゃったけど、よかったよな？」

「もちろんだ」

現地人Aは頷《うなず》き、剣を収めてこちらにやってきた。

「私はユーゼリア騎士団の騎士アロック。貴殿の助力に感謝する」

「どういたしまして。俺はケイン。この森で活動している……狩人みたいなもんだ」

シルがケインケイン呼ぶのですっかり馴染《なじ》んではいたが、こうして自分から『ケイン』と名乗るのはこれが初めてだ。

ちょっと新鮮である。

「んで、どうしてまた騎士さんがこんな森に？　あ、もしかしてこれ尋ねちゃダメなやつか？」

「ん？　いやいや、そんなことはないぞ。ユーゼリア騎士団はこの森に棲《す》む魔獣を間引くため、季節ごとに一度遠征を行うのだ。訓練と資金稼ぎも兼ねている。知られた話だと思ったのだが……」

「あー、俺、こっちに流れてきたくちだから。聞く機会がなかったんだな」

「ふむ、そういうことか」

ひとまず納得する現地人A、改めアロック。

まあ事実だからな。

「ケイン殿、この森で活動しているとのことだが……最近何か気になったことはないか？」

「気になったこと？」

「なんでもいいのだ。例えば、今し方ケイン殿が仕留めたその鼬、本来であればもうしばらく進まねば出会わぬ魔獣のはずだ」

「ふむ……」

悠々自適について思索するあまり意識していなかったが、そう言われてみると、確かに森の様子はおかしかったような……。

普段、散歩をすれば魔獣との遭遇戦が頻発するのがこの森だ。しかし爆心地から離れ、ここに来るまでまったく魔獣と遭遇しなかった。

そのことを告げると――

「それは……深部に棲む魔獣が浅い場所へと移動している、ということになるのだろうな。集団で……」

うーむ、とアロックは考え込んだ。

どうもよろしくない状況らしく、表情を曇らせている。

「騎士団の遠征が影響している可能性は？」

「遠征は王国がまだ一地方であった頃からの伝統でな、もしそうなら事例があるのだろうが……そういった話は聞かない」

「となると原因は不明か」

二年ほど暮らしている森だが、俺が気づかなかっただけで魔獣たちを騒がせる『何か』が起きていたようだ。

こりゃ森を出ることにしたのは正解だったな、と密《ひそ》かに安堵《あんど》していたところ、手当てが済んだ現地人BとCがこちらへとやってきた。

「従騎士のバーレイです！　お助けいただき、ありがとうございます！」

手当てしていたほう――現地人Bはバーレイか。

従騎士とは……たぶん見習いのことなのだろう。見たところ、アロックより装備は劣るようだし、その顔つきも今の俺より若く、いかにも『研修中です！』という雰囲気がある。まだあどけなさの残る顔で、精一杯キリッとして感謝を述べてくる様子は微笑《ほほえ》ましい。

で――

「同じく、私は従騎士のシセリアと申します。危ないところ、ありがとうございました……」

よろよろしているのが手当てされていた現地人Cのシセリア。

バーレイと同じくまだ若いお嬢さんだ。

兜がないのは手当てのために外したからだろうか。見習いらしく、飴色《あめいろ》の髪は短くしている。左の首筋に攻撃を受けたようで飛び散った自身の血がその顔を濡《ぬ》らし、造りが可愛《かわい》らしく端正であることが余計に悲愴《ひそう》感を漂わせている。褐色の瞳もどこか虚《うつ》ろだ。

「うむ、私も改めて礼を言わせてもらおう。本当に助かった。ありがとう」

「あ、いや、どういたしまして。……でも、倒せたのでは？」

なんとなくだが、この人なら狂乱鼬くらい仕留められそうな気がする。

いまだ腕にぶら下がる鼬を指差しながらそう聞いてみたら、アロックは首を振った。

「いやいや、あの状況では倒しきれずみすみす逃すことになっていただろう。あの鼬は相手が手強《てごわ》いとみれば、悪臭をまき散らしてすぐに逃げるからな……」

経験があるのか、顔をしかめるアロック。

そっちから絡んできたくせに『これでも食らえ！』と最後っ屁《ぺ》をぶっ放して逃げていくノロイさまの悪辣《あくらつ》さたるや。

その場に残るのは悪臭と哀愁、そして殺意だけだ。

「ケイン殿、我々はここで拠点へ引き返すことにするが……よければ一緒に来ないか？　この遠征には狩った魔獣の買い取りを行う商人が同行している。私の口利きでその鼬を買い取ってもらえるぞ。ただ現金を持ち込んでいるわけではないので、支払いは王都へ戻ってからになるだろうが……」

「え？　こいつ金になるの？」

「んん？　……あ、ああ、良い値がつくはずだぞ。仕留めはしたが毛皮はズタズタ、というのが普通のところ、これはまったくの無傷だからな」

マジか！

ならひとまずの生活費はこれでどうにかなる。どうせ王都に向かうつもりだったし、むしろちょうどいいくらいだ。

「じゃあお言葉に甘えさせてもらおうかな」

「よしきた。ふふ、ケイン殿が一緒ならば帰りは安心だ」

こうして俺は騎士団の拠点へお邪魔することに決まり、金になるとわかった狂乱鼬は『猫袋』に収納する。

「「「は？」」」

「ん？」

その様子を見ていた現地人A・B・Cは目をぱちくりさせる。

「ケイン殿は……その、魔導師なのか？」

「魔法は使えるけど、魔導師ってほどじゃないと思うよ？」

なにしろ独学——いや、これは自力と言ったほうが正しいか？

「うむ……詳しく話を聞きたいところだが、血が流れた。においを嗅ぎつけ、何が寄ってくるかもわからん。ここはすみやかに撤退すべきだろう」

好奇心を抑え込んでアロックは言う。

確かに、普段よりも危険な魔獣が出没するとあっては、悠長にお喋《しゃべ》りをしている場合ではないな。

「バーレイ、シセリアに肩を貸してやれ。道中、先頭は私、真ん中がお前とシセリアだ。ケイン殿には後備えを頼みたい。よろしいか？」

「ああ、問題ない」

「では頼む」

こうして俺たちは騎士団の拠点へと移動を開始した。

＊＊＊

その砦《とりで》は森を出たところにあった。

「ケイン殿、ここが我々の拠点となっているアロンダール砦だ」

「おー……って、ずいぶんボロいな」

かなり長いこと使われている砦らしく、建築に使われている石の風合いは歴史的な建造物のそれ。

「ははっ、それはそうだ。ユーゼリアが国となる前からずっと使われているからな。だが見た目はボロくとも、まだまだ現役なのだぞ？」

先導するアロックについて大門をくぐり、砦の内部へと入る。

するとそこに広がっていたのは……なんだろう、大規模な野外イベントが開催される直前のにぎやかさというか、せわしなさ。集まって作業をしている者たちもいれば、走り回っている者、大声で何か呼びかけている者と、なかなかのカオス。一人たりとも、のほほんとしている者のいない、ちょっとした修羅場であった。

「よし、ではバーレイ、お前は念のためシセリアを治療所へ連れていき、その後に隊長へ報告しろ。

私はケイン殿を買取所へ案内する」

「了解しました」

「うぅ……」

アロックの指示に従い、バーレイはシセリアを治療所へ連れていこうとするが、当のシセリアはなにやら浮かない顔だった。

二人を見送ったあと、俺は案内されるまま、砦にある建物や施設の説明を受けつつ喧噪《けんそう》の中を歩き回り、最後に買取所へと到着する。

効率を考えてのことだろう、買取所となっている建物前にはずらっと横一列にテーブルが並べられ、即席の受付口が設けられている。

騎士たちは仕留めた魔獣をそこへ並べ、受付係が魔獣の名前や状態の確認――つまりは査定を行い、結果を記録。これに誤りがないかを持ち込んだ騎士に確認してもらった後、魔獣は正式に引き取られ建物横の解体場へと運ばれる。

「ケイン殿、少し待ってもらえるか。この場は騎士団専用となっているのでな、話を通しておかないと何度も事情を……あ、セドリック殿！　少しよろしいか！」

アロックが急に大きな声で呼びかけると、解体場からどこかへ向かおうとしていた恰幅《かっぷく》のいい男性が「おや？」と反応し、すぐにえっさほいさとこちらへ駆けてきた。

「そう急がなくともよいのだが……。ケイン殿、あの方が出張買い取りを取り仕切るヘイベスト商会の責任者、セドリック殿だ。飛び込みで買い取りをしてもらうには、彼に話を通すのが手っとり早い」

そうアロックが教えてくれたあと、そのセドリックは俺たちの前に到着した。

「ふう、ふう、これはアロック殿、どうかしましたか？」

セドリックは仕立ての良い服を身につけており、ちょっと息を切らしながらも愛嬌《あいきょう》のある笑みを浮かべる。黒茶の髪に青い瞳。年齢は元の俺よりちょっと上くらいだろうか？　ふくよかなこともあって、判断をつけにくいが。

「うむ、セドリック殿、実はだな――」

アロックはさっそく森での経緯をセドリックに説明する。

すると――

「無傷の狂乱鼬ですと……!?」

途端に目の色を変えるセドリック。

「ケイン殿」

「ほいほい」

俺は空いている受付へ行き、『猫袋』からずるんと鼬を出してテーブルに置いてやった。

セドリックは目をぱちくりさせる。

「え……今のは、どこから？　もしかして……」

「まあまあ、それについてはあとにしよう。それよりこの鼬はどうだ？　良い値をつけてやってもらいたいのだが」

アロックに促され、セドリックはひとまず鼬を調べ始めた。

「うむむ……すごい、本当に傷がない。こんな良い状態の狂乱鼬は初めてです。これは衣類に加工するよりも、いっそ剥製《はくせい》にすべきか……」

真剣な表情で呟くセドリックを見ていると、ノロイさまって社会的に価値があったんだな、と不思議な気分になる。俺としてはちょこまか鬱陶《うっとう》しいし、狩ったところで肉はまずい、毛皮なんて大量にあったところで意味がないというわけで、ハズレな魔獣だったのだ。

「私は、この鼬には五十万ユーズの価値があると思います」

愛《いと》おしげに鼬をなでなでするセドリック。

うっとりしている。

「ほほう、五十万ユーズか」

「……？」

アロックの反応からしてたぶん良い値なんだろうけど、生憎《あいにく》と通貨価値がわからねえ……。

それでどれくらい楽して暮らせるの？

一年くらい暮らせるなら、ちょっくら森じゅうのノロイさまの首をへし折りに行くところだが。

「ふふ、納得のいかない顔をしていますが安心してください。この五十万ユーズというのは、最低でもそれだけの価値があると私が判断しての金額です。正直なところ、私だけではどこまで金額を上げてよいものか判断に困るところがありまして……申し訳ないのですが、査定は王都の店舗で改めて、ということでお願いできませんか？」

「ああ、大丈夫、もともと王都へ行くつもりだったから。王都の店舗に持っていけばいいわけね」

「はい。お願いします。すぐに紹介状を書きましょう」

「じゃあ、ひとまずこいつはしまっておくか」

出した狂乱鼬を再び『猫袋』に収納。

と、その様子を見ていたセドリックが「うーむ」と唸《うな》った。

「魔法鞄《かばん》は見たことがありますが、実際に『収納』の魔法が使われるところを目にするのは初めてです。その若さでそれだけ魔導を極めているとは、いやはや、ケインさんはすさまじい魔導師なのですな」

「まったくだ。案外、老いすらも克服して見た目通りの年齢ではないのかもしれん。世の中にはそういう魔導師もいると聞くしな」

アロックが妙に鋭いことを言う。

だが生憎と自力で若返ったわけではなく、友人の悪戯《いたずら》で若返ってしまっただけなんだよな……。

そんなことを考えていたところ、にっこり笑顔のセドリックがずいっと迫ってきた。

「ケインさん、もしよろしければうちで働きませんか？　好待遇をお約束しますよ？」

なんか急に勧誘された。

ははーん、さてはあれだな、俺を荷物運びとしてめっちゃこき使うつもりだな？

好待遇というのは正直惹《ひ》かれる。しかし、俺には悠々自適に暮らすという野望があり、それは商会所属の荷物運びという立場では実現するのが難しいはずだ。たとえ高給取りであっても、その金を使うゆとりがなくてはなんの意味もないのである。

ここはお断り一択か。

そう考え口を開こうとした、その時――

「セドリック、ケイン君の勧誘は少し待ってもらいたいね」

そう口を挟んできたのは逞《たくま》しい体つきをした一人の男性。

なかなか精悍《せいかん》な顔つきだが、飴色の髪はきれいに整えられ、褐色の瞳は静かにこちらを見据えているので粗野な印象は受けない。これでメガネでもかけていたら、まさにインテリヤクザだろう。

歳《とし》は元の俺より上、四十前後といったところか。

「おや、これはファーベル隊長」

と、セドリックは微笑んですぐに場所をあけ、今度はその隊長さんが俺の前に立った。

「私はファーベル・メリナード。今回遠征を行っているユーゼリア騎士団、第五隊の隊長であり、現在はこの砦の責任者だ。まずは隊を預かる者として君に感謝を。それから娘を助けてもらった父親としても感謝したい。ありがとう」

「あー、いえ、どういたしまして？」

娘って……ああ、シセリアか。

合点がいったところで、ファーベル隊長が手を差し出してくる。

これ握手でいいんだよね、と思いながら手を握ると、ファーベル隊長はもう一方の手も重ねてギュッと力強く握手してきた。

しっかりとした握手だ。

選挙演説のにぎやかし要員として連行され、流れで候補者と握手したときもこんな感じのしっかりとした握手だったことを思い出す。

「さて、砦に来たばかりのところ悪いのだが、君には森の様子など聞きたいことがある。しばし付き合ってもらいたいのだが……かまわないかな？」

「ええ、まあ」

「そうか。ありがたい。では立ち話もなんだ、ひとまず落ち着ける場所へ移動しようか」

こうして、俺は誘われるままこの砦で一番大きな石造りの建物へとご案内されることになった。


連れてこられたのは隊長さんの執務室。

魔獣蠢《うごめ》く大森林に面する砦ということもあり、室内は仕事をする机、座る椅子、書類などをしまう棚――といった、華やかさなど欠片《かけら》もない簡素な、実務一辺倒の調度であった。

そんな部屋にテーブルと椅子が運び込まれ、そのあと隊長さんは一度退室。

しばし待つと、お茶とクッキーっぽいお菓子をわざわざ用意してきてくれた。

「こんな場所なのでね。ろくなもてなしもできないが、この菓子はそう悪いものでもないはずだ。遠慮なく食べてくれ」

「ありがたく」

勧めてくれているのだ、ここは本当に遠慮なく頂いておこう。

今でこそ創造して食べ放題になったものの、つい最近まではシルが持ってきてくれたときしか食べる機会のなかった貴重品なのである、お菓子というやつは。

で、まずは一つ、クッキーのつもりで口に運んでみると、意外な硬さにちょっと驚く。あとけっこうな甘さ。だが悪くない。いや、これけっこう美味《おい》しい？　よし、もう一つ――。

「口に合ったかな？　ふむ、娘がわざわざ持ち込んできたものだから不味《まず》いわけはないか。なにか君に礼をすべきだと、巻き上げてきたかいがあったな」

「……」

急に食べにくくなったぜ……。これ、娘さんのささやかな楽しみだったんじゃないの？

ちょっと居たたまれないので、あとでシセリアのお見舞いに行ってなんか果物でもあげることにしよう。

「では食べながらでいいので聞いてほしい」

ガリゴリお菓子を噛み砕いていると、まず隊長さんはここ二年ほどの間に起きた森の異変について説明を始めた。それは主に魔獣の生息域の一時的な変化についてで、今回を含めると三回あったらしい。

「おそらく今回もこのまま治まるのだろうが……確信を得るためにも君の話を詳しく聞きたい。ここ数日の、森の様子などをね」

「森の様子か……」

困ったな……平和そのもの、としか答えようがない。

いつもなら適当にぶらつくだけで魔獣と遭遇するのだが……今日ばかりは、なんというかこの砦に来るまではさっぱりで、実にのどかなものだった。

その旨を告げたところ、隊長さんは少し考え込んでから言う。

「そうか……。これは魔獣が移動する原因を突き止めないことには安心はできないな。この三度の異変は長い期間に及ぶ予兆——大暴走の前触れという可能性もある」

大暴走……確か魔物が集団で大移動する現象のことだ。

もし発生したら、騎士団で対処しないといけないのだろう。

たいへんだなぁ、と他人事《ひとごと》に思う。

俺はもう森を出るからね、関係ないからね。

「ところでケイン君、ちょっと騎士団の一員になってみないかい？」

「え？」

おや、またなんか唐突な勧誘がきたぞ。

「大暴走を警戒している状況だからね、いざ起きてしまった場合のことも考えて、戦力を整えておきたいんだ。狂乱鼬を簡単に仕留められる君ならば、すぐに我が団の騎士として迎えられる。どうだろう、興味はないかね？」

「興味はあるけど実際になるのはちょっと、ってか騎士ってそんな簡単になれるものだっけ？」

騎士つったら、領主から土地を貰《もら》うかわりにいざとなったら戦いますよっていうもの……だったような？　ユーゼリア騎士団なんて国の名前がついた騎士団なら、任命するのは王様か？　え、森から出てきた得体の知れない若造（見た目は）にいきなり土地くれるの？

「ああそうか、君はうちのことをよく知らないと報告を受けていたな。では、戸惑うのも無理はない。うちは少しばかり特殊なのでね、簡単に説明しようか」

入団する気はまったくないんだけどな……まあ聞くけども。

「王国がまだ大国の一部、辺境伯領であった頃、この領の役割は大森林から魔獣が溢《あふ》れださないようにすることだった。要は蓋《ふた》だ。まあこれは仕方のないことなのだが……ただ、どうも過去に剛気な領主がいたらしく、領都――現在の王都をここから二日ほどの距離に構えてしまったんだよ」

「二日って……それ、いざ大暴走とか起きたら危ないんじゃ？」

「もちろん危ない。だから常に備えておかなければならず、そこで生まれたのがユーゼリア騎士団だ。普通、騎士は君主から土地を授かる代わりに軍役を負う。平時は基本的に領地住みだ。一方、こちらは王家からの給金、それと王都に家が与えられる。我々は王都に住み、いざ大暴走が起きた際には直ちに対処することが求められる」

「それは……王家の私兵なのでは？」

「そうだね。だが、ただ私兵としてしまうと対外的に印象が弱く、また騎士よりも重要視される私兵とはどうなのかという話もあり、特殊な騎士という扱いで落ち着いたわけだ。ユーゼリア騎士団の騎士は、称号としての性格が強いんだよ」

「なるほど……」

「このような経緯のある騎士団なのでね、強者に対して門戸が広く開かれている。実力とやる気があれば、いきなり騎士になることも可能だ。どうかな、試しに入団してみないかね？」

隊長さんは気軽に言ってくるが、入団は楽でも団員になってからがたいへんな気がする。きっと悠々自適など入り込む余地のない、規律正しい灰色の生活が待っているに違いない。

うん、やはりお断り一択だな。

「あー、せっかくのお誘いだけど、集団行動とか向いてないんで……」

「む、そうか……」

やんわりとお断りすると、隊長は心なしかしょんぼり。

「まあ娘の恩人に無理強いするわけにもいかないからな。将来、君の気が向いてくれることに期待しよう。その時は訪ねてきてくれ」

そう言う隊長さんの様子は自然で、気分を害したようでもない。

ダメもとで誘ってみた、くらいの話だったのかな。

「それで君はこれからどうする？」

「王都へ行こうかなーと。鼬の買い取りもそっちでやったほうがいいらしいんで」

「そうか……。ふむ、一つ提案なのだが、このまま王都へ向かうのではなく、あと五日ほどこの砦に留《とど》まって、我々が帰還する際に同行するというのはどうだろう？」

「なんでまた？」

「実は手強い魔獣が出没するせいで狩りの成果がかんばしくない。間引きが満足に行われないのは問題だ。それと、せっかく同行してくれているヘイベスト商会に面目が立たないというのもある」

「あー、なるほど……」

「君にあれこれ指示をするつもりはない。好きに狩りをして、商会に売ってもらえればそれでいい。この提案を受けてくれるなら、こちらは寝泊まりする場所、それから食事を提供しよう」

「ほほう」

しょぼい見返りに思えるが、狩った魔獣をそのまま買い取ってもらえる砦に『いられる』というのはでかい。さっさと王都へ向かうよりも、ここで狩れるだけ狩って当面の生活費を稼ぐほうが合理的だ。

何気にこの提案は渡りに船かもしれない。

「わかった。厄介になるよ」

「ありがたい。ではさっそく部屋を用意しよう。君の行動を制限するつもりはないが、それでもこの砦での取り決めというものがあるのでね、あとで人を向かわせるからそのあたりのことを聞いてほしい。なにか要望があれば私に言ってくれ」

提案を受け入れたことで隊長は嬉《うれ》しそう。

俺が頑張って魔獣を狩ったとしても、団としては商会に対しての面目が保たれる程度の話。

そんな嬉しそうにするほどのことでもないと思うが……いや、その面目が大事なのかな？

閑話1　シセリア

私はシセリア。

立派な騎士になることを夢見る可憐《かれん》な十四歳の乙女です。

父上にはよく「お前には才能がない」とか「そもそも向いていない」などと扱《こ》き下ろされますが、それでも努力を重ね、この春、ようやく従騎士と認められました。

そして初参加となる大森林への遠征。

死にかけました。

やってくれたのは狂乱鼬《きょうらんいたち》。

そこらの野にいる狂乱鼬と違い、ここアロンダール大森林――魔境に棲《す》む狂乱鼬は強力な風の刃《やいば》であっさりと人の首を落としにくる怖い奴です。

私の首が落ちなかったのは、曲がりなりにも騎士見習い、鍛えた体あっての幸運でしょう。

今日までの厳しい訓練は無駄ではなかった……！

そのあと、危ういところをひょっこり現れたケインさんに助けられ、一緒に砦《とりで》へ帰還することになりました。

事もなげに狂乱鼬を仕留めてみせたケインさん、後ろからついてきてくれるのはとても心強かったです。

砦に着いたところで、私はバーレイに連れられて治療所へ。

傷自体は回復ポーションで治っていても、失われた血はどうにもならないため宿舎で安静にしておくよう言われました。

そのまま休めたらよかったものの、私の左半身は固まった血がべったりで、このままでは宿舎へ戻れません。

そこで行水をさせてもらったのですが……多いとは言えない水量でやりくりした結果、体中がほんのり血なまぐさくなってしまいました。

悲しい……。

ですが贅沢《ぜいたく》は言えません。この砦では水は貴重なのです。

水源としてはアロンダール山脈からの地下水脈があるのですが、井戸から汲み上げられる水の供給は調理場や解体所が優先されるため需要を満たすには至らないのです。

たっぷりのお湯に浸《つ》かるとか、夢のまた夢。

ああ、王都の公衆浴場が恋しい……。

従騎士である私が寝泊まりしているのは、二段ベッドがずらっと並ぶ、お世辞にも過ごしやすいとは言えない宿舎です。

まだ同僚は働いているので、朝晩のにぎやかさが嘘《うそ》のように宿舎は閑散としています。

いるのは不覚を取って療養している怪我《けが》人くらいのもの。

つまり私のお仲間というわけです。

自分のベッド（下の段）に戻ってひと息。

意気込んで参加した遠征、さっそくひどい目に遭いましたが、落ち込んでばかりはいられません。

これくらいでへこたれていては、立派な騎士にはなれないのです。

そう、いずれ私は騎士となり、陛下の前にひざまずいて剣で肩をとんとんされるのです。

働きがよければ、女性ということでお姫様たちの警護を任される、なんてことになるかもしれませんね。

まだ見ぬお姫様たち、あなたの騎士はここにいますよ！

ふふ、気分が盛り上がってきました。

ここは、遠征でのささやかな楽しみにと用意しておいたお菓子を食べちゃいましょう。

奮発して買ってきた、美味《おい》しくて日持ちするお菓子。

あむっ、と。

一つ食べ、ささやかな幸せに浸っていたところで……来ました、怖い人が。

父上です。

や、やっぱりお説教でしょうか……？

覚悟というよりあきらめの境地で父上を迎えると、意外なことにお説教はされず、すぐにケインさんの話になりました。

お説教を免れたのはまあ良かったのですが、死にかけた娘に「無事でよかった」の一言もないというのは……。

それから父上は助けてくれたケインさんにお礼をすべきだと言いだして、私のお菓子をきれいに巻き上げていきました。

確かにお礼はすべきだと思います。

でも！　なにも全部持っていくことないじゃないですか！

う、ううぅ……。

夢も希望もなくなりました。

つらい、とてもつらい。

ちくせう……こうなったらもうふて寝だーっ！

＊＊＊

騒がしさに目を覚ますと、宿舎が同僚たちでにぎわっていました。

夕方になり、本日の森での活動はおしまい。夜は夜で砦内でのお仕事があるのですが、今ばかりは談笑を交えつつ、ひとときの休息を楽しんでいます。

そんな皆にも私が死にかけた話は伝わっているようで、すぐに集まってきてより詳しい話を聞こうとあれこれ尋ねられました。

求められるまま、私は狂乱鼬に遭遇したときの状況や、そのあと現れたケインさんのことを話して聞かせました。

あと、父上に大事なお菓子を巻き上げられたこともしっかりと愚痴りました。

あー……と、なんともいえない表情になる同僚たち。

私がこの隊で父上にどのように扱われているか、普段から見ているからこその反応です。

公私を分けているとか、身内だからより厳しくとかそんな話ではなく、家での調子そのまま、父上はそもそも私に対して容赦がないのです。

と、そこで宿舎にお客さんが訪れました。

まさに今、話題となっていたケインさんです。

ひょっこり現れたケインさんは、まず私の体調を気遣い、それからお菓子のお礼を言ってくれました。

美味しかったですか？

そうですよね、美味しいですよね。

くっ……。

ケインさんを恨んではいけない。

お菓子は助けてもらったお礼なのです。

恨むならば父上……！

そう私が自分の心に言い聞かせていると、ケインさんはどこからともなく、こんもりと果物が詰め合わされた籠《かご》を出現させ、それを差し出してきました。

え？

お菓子のお礼……？

立ち去るケインさんを見送りつつ、私は籠を抱えて目をぱちくり。

助けてもらったお礼にお礼とか。

それも果物。

果物はちょっとした貴重品です。

なんでしょう、あの人は聖人かなにかなのでしょうか……？

おそらく、この果実はケインさんが森で採取して保管していたものでしょう。

魔素の満ちるこの森で育つ植物は、どれも外で採れるものより魔力が豊富。当然、果物だって魔力たっぷり。それは果物自体の美味しさに影響するだけではありません。食べればほんのちょっとだけ魔力が高まり強くなれるのです。

美味しくて、体にも良い（？）。

これはもう、あれです、お金持ちが鷲掴《わしづか》みにした金貨を『売れやコラァ！』と投げつけてくるくらい特別な代物です。

いやー、お菓子がとんでもないものに化けました。

よく見れば、今の季節に採れる果物だけでなく、夏や秋、それどころかとても珍しい冬の果物まであります。

これ、もしかすると売ればちょっとした財産になるのでは……？

心の中で邪悪なものが囁《ささや》きます。

いけない、これはケインさんのお礼、気持ちです。

それを売るなんてとんでもない！

それに悠長に売ろうとしても、その頃には熟《う》れすぎたり、萎《しな》びたりしてしまっていることでしょう。

やはりここは、ありがたく頂くのが一番。

まあ、この機を逃したら、こんなに果物を食べられる機会なんて一生ないかもしれませんから、乙女としては当然の判断だと思います。

ではさっそく一つ頂いて……ってなんですかね。

周りの同僚たちが「ぐへへへへ」と邪悪な笑みを浮かべています。

小さい子が見たら悪夢に唸《うな》されそうな笑みです。

狙いは……まあ頂いた果物ですね。

とはいえ、さすがに弱っている私から強奪するほど皆も悪辣《あくらつ》ではありませんでした。

それぞれ持ち込んだお宝（お菓子）との物々交換を申し出てきます。

本心は独り占めしたいところですが……隊の和を乱すことにもなりかねないため、ぐっと独占欲を抑え込んで物々交換を受け入れます。

食べ物の恨みは怖いですからね。

結果として、ケインさんから頂いた果物の多くは、たくさんのお菓子に化けました。

私は父上に巻き上げられた以上のお菓子を手に入れることができたのです。

もうなんていうか、ケインさん様様です。

今日は首を刎《は》ね飛ばされそうになったり、お菓子を巻き上げられたりしましたが、振り返ってみれば良い日だったのかもしれません。

と、本日のまとめに入っていた私でしたが、そのあと父上から呼び出しをくらいました。

ま、まさかこれは……また取り上げられるのでしょうか？

だいぶ減ってしまったケインさんの果物を、そして交換したお菓子を……。

あー、ダメですね、これはもうダメ、戦争です。

たとえ自分よりずっと強い相手だとしても、それは譲れぬものを守るための戦いに背を向ける理由にはなりません。

乙女には、負けるとわかっていても戦わねばならないときがあるのですよ。

でりゃーっ！

＊＊＊

勘違いでした。

まず、剣を片手に執務室へ飛び込んだことを怒られました。

ただそれは大声で怒鳴り散らすようなものではなく、知恵の足らぬ者を相手に、なんとか理解してもらおうと願いを込めて語りかける――言ってみれば諭すようなものでした。

いやー、残念なものを見るような目を向けられ、ため息まじりに「そういうところだぞ」と呟《つぶや》かれるのは、思いのほか心にダメージがありますね。

それで父上がどうして私を呼んだかというと、ケインさんについて話をするためでした。

私が持った印象ですか……？

良い人だと思いますよ。

誰に対しても気さくで……え？　それがおかしい？

性別、年齢、立場、そして地位に関係なく気さくというのは、普通ではないと……なるほど。

でもそれは、あまり人と関わらない生活を送っていたから……え？　お菓子を食べた反応？　食べ慣れているような感じだったんですか？

う〜ん、そうなると……よくわかりませんね。

父上はどう思っているんですか？

は？　使徒？

それって……誇張抜きで世界を大混乱に陥れた、悪名高きスライム・スレイヤーみたいな？

本気で言ってる……あ、それでこの砦に留《とど》まってもらって、安全な人かどうか確かめようとしたと……。

本当に使徒かどうか確かめる方法もあるにはある？

ただ下手すると隊は壊滅して、さらに王国にも被害が及ぶ可能性があると……。

いやいやいや、やめましょう、怒らせるとか。

本当に使徒様だったらえらいことになります。

ユーゼリアが国になったのだって、スライム・スレイヤーのせいで大国が大混乱に陥って分裂した結果なのですから。

まあ使徒でなくとも、ケインさんは腕力だけであっさり魔境の狂乱鼬を倒してしまうような魔導師、敵対することが悪手であることくらい私にだってわかります。

収納魔法が使えるくらいですからね。きっとほかにも色々とすごい魔法が使え……え!? ケインさん、大浴場作ってくれたんですか!? 熱いお湯も張ってくれて、ちゃんと男女別!?

すみません、私ちょっと行って――って、まだ話があるってなんですか!

娘がほんのり血なまぐさいままでもいいんですか!?

ケインさんは使徒! それでいいじゃないですか!

……へ?

国のためになんとか友好的な関係を築きたい?

それはもちろん賛成ですが……。

はあ!?

私に色仕掛けをしろというんですか!?

助けてもらった、なので好意を抱いた、そんな感じでって……なんですかそれ、私はお腹を空《す》かせた子犬や子猫ではないんですよ?

いや、子犬や子猫のほうがまだ成功率は高いって、どうしてそこで貶《おとし》めてくるんですかね……。

自分でも無謀だと思っているって、どういうことですか。

普通はもうちょっと、こう、やる気を出させる言い方をするものでしょう!?

ま、まあ、たとえその気にさせようとしても無駄ですけど。

騎士として認められているならいざ知らず、私はまだ見習い。

ここで訓練をほっぽりだすわけにはいきません。

私の目標は立派な騎士になること、そしてこの国の役に立つことなのです!

……ッ!?

ポンコツの私が騎士になるより、ケインさん誑《たぶら》かして引き込んだほうがはるかに国のためになる!?

だからその言いよう!

泣きますよ!?

第3話　冒険者登録（失敗）

砦《とりで》には風呂がなかった。

そこで新参者からの『ご挨拶』とばかりに風呂場を作ってみたところ、砦の皆にすごく喜ばれた。

どうもこの砦は水で苦労しているらしく、ならばと貯水槽を作って満たし、存分に水を使えるようにしてあげたらさらに喜ばれた。

この一働きは、その日のうちに砦の誰もがすっかり友好的になるくらいの影響があり、異世界に来て初めてのよそへのお泊まりは穏やかなうちに終わらせることができた。

そして翌日、俺はさっそく森へ入って狩猟を行う。

遭遇した魔獣はみんな金——当面の生活費となる。

生きるためという意味ではサバイバル時代とまったく同じ、ただの狩猟なのだが、それでも『お金』に換わるとなると、つい張りきってしまうのは拝金主義が染みついているせいか……。

まあともかく、やることはいつも通りだ。

違うとすれば、お手伝いさんがついてきていることくらい。

怪我《けが》をしているわけではないものの、血を失って体調が万全とはいえないシセリアが俺のお手伝いさんに任命されたのだ。

もしかして監視役だろうか？

最初はそう勘ぐったが、シセリアを連れて森で活動するうちにそれはないと考えを改めることになった。

シセリアは果物を見つけると素直に喜び、食べては「うひょー！」と素直にはしゃぐ。

その姿は無邪気で元気なだけが取り柄《とりえ》の頭の悪い犬のようで……。

これだと、サバイバル生活中、ちょいちょい餌をたかりにきていた子犬（？）のほうが落ち着きがあるな。

うーん、シセリアこれ、邪魔だからって厄介払いされてんのかもしんないね。

「ぬぐぉぉぉ……！」

俺が密《ひそ》かに気の毒に思っていることなど露《つゆ》知らず、シセリアはスモモ（もどき）がなっている木によじ登ろうと四苦八苦している。

「微笑《ほほえ》ましくはあるんだがなぁ……」

シセリアって騎士に向いてないんじゃないかな？

＊＊＊

砦での生活に思いのほか馴染《なじ》み、生活費のために魔獣を狩るのがそれなりに楽しかったためだろうか。

気づけば五日が経過して、砦を離れる日がやってきた。

俺は帰還する遠征団に同行し、異世界へ来てから三年目にしてようやく『都市』を訪れる。

ユーゼリア王国の首都――ウィンディア。

立派な市壁に囲まれた都市ではあるが……だからといって、魔獣たちがひしめく森から二日という距離はやはり近すぎると思う。

ここに領都を構えることにした当時の辺境伯は、いったい何を考えていたのだろうか？

あの森は、その向こうのアロンダール山脈に棲《す》む竜の一家のものだから、じわじわと切り開いていくことすらできないのに……。

「ではケイン君、ひとまずここでお別れだが、何か困ったことがあれば遠慮せずに団を訪ねてくるといい。もし入団する気になったら、それこそ遠慮せずにな」

都市に入ったあと、別れ際に隊長さんは言った。

うーむ、まだ俺を騎士団に引き込むのをあきらめてないのか……。

帰還の道中、熱心に誘われたたし、仲良くなった騎士や従騎士たちまで入れ入れと誘ってきた。終《しま》いには入団しなくてもいいから騎士団にいてくださいとか、おかしなことまで言いだす始末だった。

そんな騎士団の面々が去っていくのを、俺は少し見送る。

足取りが軽そうに見えるのは、きっと気のせいではないだろう。

遠征帰りは三日の休みが与えられるとシセリアが言っていたし、それでみんなウキウキしているのだ。

まあそのあと、王都の公園にある訓練場で鈍《なま》った体を叩《たた》き起こす厳しい訓練が待っているようだが……。

「ではケインさん、私たちも」

「ああ、行こうか」

セドリックに促され、俺は商会隊と共にヘイベスト商会へ。

で、お待ちかねの魔獣の買い取りだ。

買い取り品については、おおよそのことを先に手紙で伝えてあったらしく、査定はとんとん拍子で進み、俺は大金を得ることになった。

「ケインさん、お確かめください」

セドリックが金貨をどっさりよこしてくる。

数えるのは面倒くさいので、そのまま『猫袋』に放り込む。

「これでどれくらい優雅に生活できる？」

「そうですねぇ……この都市で優雅となると、おおよそ二年といったところでしょうか」

二年か……。

そう聞くとそこまでたいしたものでもないな。

まあちょろっと狩りをして、当面の生活資金を得られたと考えれば充分だろう。あとはこの資金が尽きないうちに、さらなる大金を稼いで悠々自適な生活を実現させるだけだ。

「ケインさん、お急ぎでなければ一緒に食事でもどうです？」

「あ、食べる食べる」

ここからは完全にノープラン。出たとこ勝負の俺に急ぐ用などあるわけもなく、俺は誘われるまま、貴賓室らしき部屋に案内されて少し遅めの昼食をご馳走《ちそう》になる。

のんびりと会話をしながら楽しむ食事は実に優雅。

素晴らしい——そう密かに感動しつつ、やはりスローライフはクソだな、と再認識する。

「あ、そうだ。ケインさん、森で集めた果物などを、一部でいいので個人的に買い取らせてはもらえませんか？　妻と娘へのお土産にしたいのです」

「ん？　それくらいあげるけど？」

「いやいや、あの森の果物は魔力が豊富に含まれる貴重品です。頂いてしまうわけにはいきませんよ」

「……そうなの？」

特に断る理由もなかったので求められるままに売ったのだが……これがなかなか良いお値段。

マジかよ、シセリアの奴めっちゃ貪《むさぼ》り食ってたぞ……。

いや、だからこそ貪ってたのか？

まあ食いしん坊のことはいい。

それよりもこれから、ここからだ。

悠々自適に暮らすと決めて森を出た。

懸念材料だった当面の生活費もこうして手に入った。

だが所詮《しょせん》は二年、人生はまだまだ続く。

つまり金はもっともっといる。

「楽して大金が稼げる方法はないものかな？」

「はは、知っていたらもう私がやっていますよ」

セドリックに笑われる。

確かにその通りだ。

「ならさ、苦労はするものの、大金が稼げる方法とかは？」

「ケインさんはもうすでに大金を稼がれていますが……？」

「もっと必要なんだ。希望は一生楽に暮らせるくらいの一攫千金《いっかくせんきん》。なんかそういう話はないかな？　多少の苦労は目を瞑《つぶ》るから」

「えぇぇ……。うーん、ケインさんのできそうなこと……それこそ今回のように遠征に同行して狩りをすればよいのでは？　年に三回だけ、短い期間働くだけで優雅に暮らせますよ？」

「それはその通りなんだが……」

セドリックの提案は納得できる。

だが、年に三回だとしても、なんかもう面倒くさいのだ。これまでのサバイバル生活を思えば楽ちんなのは確か。でも面倒くさい。魔獣は金になると張りきって狩ったものの、こうして金に換えたあとはその熱も冷めてしまった。なんというか、飽きた。

「飽きたの一言で片付けられる金額ではないと思うのですが……。まあ気が乗らないのであれば、仕方ありませんね」

それからセドリックは収納魔法が使える魔導師として王宮に売り込みをかけるとか、魔法鞄《かばん》を作るとか、あれこれ考えて案を出してくるが、どれも地味に働いて地味に金を得るものであったため、興味を惹《ひ》かれることはなかった。

「やはり気が乗らないな……」

「ケインさん、あなた……働きさえすれば、いくらでもお金を稼げるだけの能力があるのに……」

「働きたく、ないんだ……」

「多少の苦労は目を瞑るという話はどこへ……。いや、砦では働いていたじゃないですか」

「あれは働くっていうより、王都で生活するための資金が欲しくてちょうどよかったから魔獣を狩っただけなんだよ……」

「世間ではそれを『働く』と言うと思うのですが？」

「んんー？」

そうかもしれない。

だが、違うんだ。

少なくとも、俺の中では違う。その証拠に、また森で狩りをしてお金を稼いではどうかと提案されても、まったくやる気が出ない。

「そうなると……あとは冒険者でしょうか。高位の冒険者であれば、一回の依頼で高額の報酬を得られるといった話も聞きますが……」

「冒険者……冒険者か……」

ふむ、ちょっと考えてみるか。

＊＊＊

冒険者についてはシルから聞いたことがある。

日雇い労働者みたいなものか、とその時は思ったものだが、考えてみれば自分のやりたい仕事だけ受けていればいいというのは、とても優雅なことではないだろうか？

案外、冒険者と悠々自適な生活は相性が良いのかもしれない。

ここ、王都ウィンディアの冒険者ギルドは、拠点となる建物が九つある。

一つは王都本部で、残る八つは支部だ。

ヘイベスト商会を後にした俺は、一番近い冒険者ギルドである第八支部を訪れた。

「ほほう、これはこれは……って、なんかボロくね？　冒険者ギルド、ボロくね？」

冒険者ギルド第八支部は木造の三階建てで、規模こそそれなりに思えるが、ちゃんと手入れや修繕をしていないのか、外観がずいぶんとボロっちく、みすぼらしく、まともな人間なら決して立ち入らないばかりか、そもそも近寄ろうともしない、そんな雰囲気を漂わせていた。

「うーん……」

多少は盛り上がっていた気分が急速に萎《な》えていく。

「もしかして冒険者ギルドって全部こんな感じなのか？　それともここが特別ボロいだけか？」

他の支部も回ってみればわかることだが、そんな疑問のために見知らぬ都市を迷子覚悟で歩き回るのは正直面倒だ。

「まあ、駄目そうなら取りやめにすればいいだけか」

べつに冒険者にならなくてもいいのだから——。

そう気楽に考えて建物へ入る。

まず目に入ったのは正面奥の受付であり、そこでは揃《そろ》いの制服を着た四人の受付嬢が応対にあたっていた。

ほかに目につくのは、待合席にいる冒険者らしき素行のあまり良さそうではない連中や、壁にある小さな木板だらけの掲示板くらいなもので、眺めて楽しそうなものは特になかった。

「なんだろう、帰りたくなってきた……」

思わず呟《つぶや》く。

まあ、帰るところなんてないのだが。

吹っ飛ばしちゃったもんな……。

本格的に意気消沈してきて、もうこれどうしようと悩み始めたところ、一番左の受付が空いた。

「……まあ、せっかく来たんだし」

気を取り直して受付に向かう。

応対してくれるのは栗色《くりいろ》のおさげ髪をした、今の俺と同じくらいの年頃のお嬢さん。ちょっと勝ち気な印象を受ける褐色の瞳で俺をしっかり捉え、それからにこっと控え目な笑みを浮かべて言う。

「お待たせしました。ご用件を承ります」

「あー、冒険者の登録に来たんだが……」

「はい、登録ですね。ありがとうございます。ではわたくし、コルネがこのまま担当して手続きを進めさせていただきます。よろしいですか？」

「よろしいです」

「はい。それではまず、冒険者というもの、そして当冒険者ギルドはどのような組織か、これを簡単にご説明いたします」

と、コルコル嬢がそらんじ始めたのは、冒険者のなんたるか、そして冒険者ギルドは冒険者のための職業別組合であり、基本業務は所属冒険者に対し魔物の討伐から街のゴミ拾いまで、多岐にわたる仕事の斡旋《あっせん》を行うことである、といったまあなんとなく予想していた内容だった。

「——そして、冒険者の等級は基本五段階。木、鉄、銅、銀、金となっています。さらに霊銀、王金という特別な等級もありますが、この二つはよほどの実力者でなければ縁のないものですから、気にかける必要はないでしょう」

ふむ、もしかして一回の仕事で大金を稼げるのは、その霊銀だの王金だのという等級くらいから、ということなのだろうか？

えぇぇ……。

まず五段階突破しての、その上かぁ……。

なんだか猛烈に面倒くさくなってきた。

そこまで等級を上げるのがなぁ、だるいわぁ……。

これが溌剌《はつらつ》とした十代の若者であれば、むしろ奮起したかもしれない。が、俺の中身は三十代。いまさら一から地道にってのは気持ち的につらい。

あー、森でこつこつ生活環境を改善していた頃のことを思い出してきた。

マスコミに洗脳されていたせいで、苦労もまた楽しいとかイカれた感じで頑張ってたんだよなぁ……。

もうなんか鬱《うつ》になってきたぞおい。

「説明は以上になります。納得していただけたのであれば、このまま登録の手続きを始めさせてもらいます。よろしいですか？」

コルコルが確認してくる。

登録したら木級から……クソのような仕事から、こつこつと……。

……。

駄目だ、これは悠々自適な生活じゃない。

もう飛び出していこうか——そう考えたが、その前にひとつ、ダメもとでお願いをしてみることにした。

「あのー……」

「はい？」

「実は俺、けっこう強いんだよ。どれくらい強いかっていうと、頑張ればひと睨《にら》みで王都を消滅させられるくらいなんだ」

「は、はあ……」

「だからさ、等級を王金から始めさせてもらえないかなーと。そしたらけっこう頑張るよ？」

「……？」

きょとんとするコルコル。

しかし、すぐに半眼《はんめ》になった。

「そんなことはできません。ちゃんと仕事をこなしていただかないと」

「わかってる。皆まで言うな。報酬の一割を渡すから、な？」

「な？　じゃありません。思いっきり規則違反じゃないですか。それ、普通に罪に問われますよ」

「では二割で」

「割合の話はしていません！」

「そうか、わかった……三割？」

「だから割合じゃ——ああもう、新規登録者をいきなり高等級に登録なんてしたら、その時点で不正があったってバレバレじゃないですか！　銅級からは審査と昇級試験を受ける必要があるって説明したでしょう!?」

「うーむ……」

駄目っぽい。

おかしいな、田舎世界なら賄賂は万能のはずだが……。

いや、これはコルコルが真面目なだけかもしれないぞ。

「ちょっと別の人に代わってもらうことはできる？」

「誰が担当になろうと駄目だっつーんです！」

バーンッと受付台を手で叩くコルコル。

おぉ、荒ぶっておられる……。

「そっか、仕方ないな……。じゃあ、鉄級からで頑張るよ」

「仕方ないとかそういう問題じゃなくて、ちゃんと木級からお仕事をしていきましょうってことを言いたいんですよ、私は！」

「お仕事か……」

俺は深々とため息。

「実は俺さ、働きたく、ないんだ……」

「貴方《あなた》ここへ何しに来たんです!?」

愕然《がくぜん》としつつもコルコルは叫んだ。

確かに、俺の発言はわざわざ面接に来て働きたくないって宣言するようなものだ。

そりゃびっくりもするか。

「いくらろくでなしが集まりやすいこの支部でも、貴方ほど飛び抜けたクズはそうそう見ません！もういいです！　登録はお断りします！」

ブチキレなコルコルが俺を追い払おうと、あっち行け、しっしっと手を払う。

もはや獣扱いか、切ないな……。

「はあ、わかったよ、鉄級からで我慢するからさ……」

「殊勝な顔しつつも何一つわかってないじゃないですか！」

「コルコルー、頼むよー」

「誰がコルコルか！」

くわっといきり立つコルコル。

と、そこで——

「おい坊主、そこまでにしときな！」

隣の受付で手続きをしていた山賊風の男が、どんっ、と俺を突き飛ばした。

「——ッ!?」

瞬間、俺の脳裏に稲妻のような閃《ひらめ》きがあった。

俺は啓示が促すまま、真横に高速跳躍。

そのままショルダータックルで建物の壁をドゴーンッとぶち破った。

「えぇぇ————ッ!?」

コルコルのびっくりした声。

壁をぶち破って倒れ込んだ俺は、チラッと室内の様子を窺《うかが》う。

居合わせた者たちは唖然《あぜん》。

突き飛ばした山賊は手を伸ばした状態で固まっている。

どうやらまだ状況を理解していないらしい。

ふむ、ここはもうひと芝居してやらないといけないか。

「うぅ……登録に来て殺されかけるなんて……冒険者ギルドは罪もない者をいたぶり殺す恐ろしい場所なのか……」

「「「えっ」」」

俺の迫真の演技に、居合わせた者たちが驚きの声をあげる。

ふふ、見抜けまい。

実は得意なんだ、瀕死《ひんし》のフリ。

何度も瀕死になった経験があるもんでな！

やがて、視線は俺を突き飛ばした山賊へと集まる。

「あ、あんなことになるほど力を込めてないぞ!? そもそも俺にそんな力はないって！ 本当だって！」

狼狽《ろうばい》し、必死に弁解する山賊。

まあ山賊はどうでもいい。

それよりも冒険者が冒険者ギルド内で冒険者でない者に危害を加えたという事実のほうが重要だ。

俺はこの事実を握り潰《つぶ》したいギルド相手にゴネて、上手《うま》いこと上の等級から始められるよう頑張るつもりでいる。

傍《はた》から見ると、まるっきり俺は悪者だろう。

しかし、ちょっと考えてみてほしい。

けっこう強い（と思われる）俺を、初心者冒険者として登録して働かせるのは、はっきり言って人材の無駄遣いだ。

断言する。

報酬さえ良ければ、どれほど困難な依頼であろうと、俺は見事達成してみせよう！

異世界に来てからの二年を、森の中で棒に振った俺の力は伊達《だて》ではないのだ（きっと）！

というわけで、ここはとっとと上の等級に引き上げてもらい、その能力に見合った仕事を割り振るのが、ギルドにとっても、難易度の高い依頼を出した人にとっても、そして俺にとっても良いことなのである。

まさにいいことずくめ、というやつだ。

……あれ？

でも山賊にぶっ飛ばされて瀕死になるような奴を上の等級にするのってちょっと無理がなくね？

あれれ？

この計画、もしかして破綻《はたん》してる……？

これは失敗したかもしれない。

そう考え始めたところ――

「おいおい、いったい何事だー？」

「あ、支部長！」

受付奥の階段からどすどすと音をさせ、厳《いか》めしい顔つきをした体格のよい男が現れた。

コルコルの呼び方から、ここの責任者だとわかる。そこそこ歳《とし》がいっており、おそらくは六十前後……俺の親世代といったところ。白髪交じりの黒髪で、もみあげから口まわり、顎《あご》へと覆う髭《ひげ》のほうはもう白髪のほうが多いくらいだ。

さて、想定した通り責任者は出てきたが……どうしたものか。

いまさら中止するわけにもいかないし、まあ、ひとまず当初の予定通りやってみるか。

などと、俺が考えていることなど知るよしもなく、支部長はコルコルから事情を聞き、それから二人一緒にこちらへと近づいてきた。

ぶち開けた壁の穴をくぐり、俺を見下ろす支部長とコルコル。

とりあえず、もう一押ししてみる。

「俺は……死ぬのか……うぅ、死にたくない……」

「し、支部長、どど、どうしましょう……？」

「…………」

あたふたするコルコル。

一方、支部長は黙って俺を見下ろしていたが――

「ふん！」

ドゴッ！

俺のケツに突然の蹴り！

「いってぇ――――ッ!?」

こいつ爪先で蹴りやがった！　信じられねえ！　これはさすがに痛《いて》ぇよ！　森にはケツを爪先蹴りしてくる奴なんていなかったもん！

「ぬぐぉぉ……！」

ごろごろのたうち回り、跳ね上がって怒鳴る。

「てっ、てめえ何しやがる！　ケツが割れちまったじゃねえか！」

「はっ、いまさらかよ、だらしねえ。俺なんか生まれたときから割れてるぜ」

「なッ!?」

こいつ、とんでもねえ返しをしてきやがった。

なるほど、冒険者ギルドで支部長を務めるだけのことはあるようだ。

「なんなら見せてやろうか？」

「見たくねえよ！　誰向けのご褒美だよふざけんな！」

「あ？　ふざけてんのはどっちだ？　コルネ、どう思う？」

「死にそうなわりには、ずいぶんとお元気そうですねぇ……」

「あ」

指摘されてはたと気づく。

しまった、あまりにひどいことをされたものだから、演技を忘れて元気いっぱいで立ち上がってしまった……！

「「「……」」」

じとーっと見てくるのは、支部長とコルコルだけではない。ギルドに居合わせた者たちみんなである。

へへっ、こいつはまいったぜ。

「つたく、壁をぶち破っちまいやがってよぉ……。これ、修理すんのにどのくらいかかるんだろうな。もちろん費用はお前が出すんだぞ？」

「いや、俺は突き飛ばされて……」

「ギルド内での破壊活動、および、ギルドに対しての詐欺。これが確定したら修理費以上に金がかかるだろうな。裁判するとなると、身元の確認やらなんやら金がかかって、罪が確定すればそういう経費も上乗せされて請求されるわけだ。ここで大人しく謝れば壁の修理費だけで済むんだがなぁ……」

「ぐぎぎぎ……」

無理か、さすがに無理か。目はないか。

残念、あの稲妻のような閃きは気の迷いだったようだ。

ここはひとまず、許してもらえそうな演技で誤魔化《ごまか》してみよう。

「ご、ごめんなさい……。ボ、ボク、実は故郷から出てきたばかりで都会のことがよくわからなくて……」

「急になよなよするな、気色悪い。つかなんだ、お前の故郷は挨拶みてーに詐欺を働くところなのか？」

うん？　わりとその通りだな。

なにしろ詐欺メールが毎日のように届いたり、人を撥《は》ねちまって示談にしたいから金を振り込んでくれって詐欺電話がかかってくるようなカオスっぷりだ。

「つたく、ケチくせーことしてんじゃねえぞ」

「はーい、ごめんなさーい。……んで、修理費ってどれくらいになるの？　ただ突き飛ばされたことは事実だからさー、そのあたりも考慮してもらいたいんだけどー」

「そもそもコルネに無理強いしていたお前が悪い。変にゴネようとせず大人しく払え。まあ……十五万ユーズくらいか？」

「へーい」

ざらざらーっと手のひらに硬貨を出現させ、それを何が起きたのかわからずきょとんとしている支部長に渡す。

「お、お前、けっこう金持って……つーか、どこから出した？」

「はん、答える義理はないね。ともかく、払うものは払ったぞ。これでいいんだよな？」

「ま、まあ大丈夫だろう。足りなかったらまた請求するし、あまったら返すからな」

「んなはした金返さなくていいよ。迷惑料だってことでコルコルにやってくれ」

「コルコル呼ぶな！　そんな金いらんわ！」

「そうか。じゃあ支部長のケツを縫い合わす費用の足しにしてくれ」

「お前、まったく反省してねえだろ……」

支部長はじろっと俺を睨み、それからため息をつく。

「ったく、簡単に払いやがって。払えなきゃ借金奴隷だっつって、びしびしこき使ってやったんだが……」

あくどいことを言う支部長。

だが、その発言が俺の直感を刺激した。

「奴隷……。そうか、奴隷という手があるのか……！」

稲妻のような閃き、再び。

第4話　冒険者登録（強制）

「誰が冒険者なんかになるか！　バーカ！」

捨て台詞《ぜりふ》を残し、俺は冒険者ギルドからすたこら退散。

「あっ、てめっ！　待てコラ！」

支部長が怒鳴っていたが、そんなもん知らん。

金は払ったし、そもそも俺は冒険者ではない。冒険者ギルドの支部長の言うことなんぞ、耳を傾ける必要はない。

いや、もしあったとしても、俺は構わず飛び出しただろう。

「おい！　そこのお前！　奴隷商はどこだ！」

「えっ、なんです突然？」

「どこだと聞いているッ!!」

「ひぃ！　あ、あっちに、確か……！」

道行く人を捕まえ、奴隷商の場所を聞いてはひた走る。

俺は急いだ。

この、天啓のごとき閃《ひらめ》きが色あせてしまわないうちに奴隷商へ辿《たど》り着きたかったのだ。

目的はただ一つ。

「早く、早く奴隷にならねば……！」

この身を奴隷にやつすこと、それこそが悠々自適への道。

間違いない。

人生で必要なことはすべて閃きが教えてくれるんだ。


やがて、俺は冒険者ギルドから一番近い奴隷商へと到着する。

「ドルウィッグ商店か。ふっ、なかなか立派な店構えをしてやがる」

冒険者ギルドよりもずっと立派なレンガ造りの建物。

しばしの間、ここが俺のハウスとなる。

「いらっしゃいませ」

店内で俺を迎えたのは、上品な微笑《ほほえ》みを浮かべる男性であった。歳《とし》は四十くらいか？ 彼は来客が小僧と認めても微笑みを崩すことなく、そっと自分の胸に手をあて少し屈《かが》むようにお辞儀をしてみせるという、品の良い所作で歓迎してくれた。

「突然だが、この店の主人に会いたい」

「それなら私です。バシルと申します。奴隷をお求めですか？」

「いや、奴隷になりに来た」

「え」

店主――バシルは「おやっ」という顔をしたものの、すぐに表情を改める。

「そうでしたか。では、おいくらほど希望されるので？」

「金はいらん」

「は？」

今度こそきょとんとするバシル。

まあ普通は金が必要で身売りに来るものだろうからな。

「まずは試したいことがある。奴隷になった場合、道具や魔法で行動を制限——要は主人に危害を加えられないようにするんだよな？」

「え、ええ、そうですね」

「では、この店でできるすべての処置を俺に施してくれ」

「はあ!?」

なに言ってんだこいつ、とばかりにバシルは唖然《あぜん》とした。

「処置すべてと仰《おっしゃ》いますが……費用がかかりますよ？　それこそすべてとなると、処置だけでも何百万と……」

「問題ない。金ならある！」

俺は『猫袋』を開放。

ジャラララーッと、放り込んであった貨幣が心地よい金属音を立てながら床で小山になった。

全財産だが、これは未来への投資だ。

「しゅ、収納の魔法……？　え、魔導師さま？　な、なにか魔法の実験をしようというのですか？」

「まあ実験といえば実験だな。ともかく、処置を頼む。一番重い処置だ。主人は……ひとまずあんたがなってくれ」

「は、はあ、わかりました。では別室へ……。あ、お金はしまっておいてもらえますか？」

バシルは事情が飲み込めないものの、ちゃんと支払いはしてくれると判断したようだ。

俺は「もうちょっと考えて出せばよかった……」と後悔しつつ床にばらまいたお金をせっせと回収し、バシルについて店の奥へ。

途中、バシルはやたらとガタイのいい野郎二人を合流させる。首輪をしていることから、ここの奴隷で、普段は護衛をしているのだろう。

そして案内されたのは、地下にある手術室的な雰囲気を醸しだす怪しい部屋だった。部屋の中央に寝台があり、壁の棚には様々な薬品や道具がお行儀よく並べられている。

「まずは奴隷紋を施すところから始めましょう。普通は一ヵ所で充分なのですが……一番重い処置を希望されているので、体の各部に施すことになります」

上着を脱ぐよう指示されたので、俺は大人しく上半身裸になって寝台に寝そべる。

すぐにバシルは俺の額、胸、それから背中に奴隷紋とやらを施し始めた。

「額の奴隷紋は脳に、胸は心臓に、背中は脊椎《せきつい》に干渉し、甚大な苦痛をあなたに与えることになります。抵抗すればするほど、その苦痛は大きくなる……。学び、身につけはしましたが、まさか実際に施す日が来るとは思いませんでした」

奴隷商とは『奴隷商に、俺はなる！』と奮起してなれるような職業ではなく、奴隷に関わる様々な知識・技術・法律を習得し、さらに清廉潔白であることが証明されて、ようやく国から営業許可が下りるという堅い職業だとか。

きっとこのバシルも、努力して奴隷商になったのだろう。

やがて、処置を終えたバシルが俺に尋ねてくる。

「あの……これで充分かと思うのですが……隷属用の魔道具も取りつけるのですか？」

「もちろん。やってくれ」

促すと、バシルは野郎二人に手伝わせながら、俺に無骨な金属製のサークレット、首輪、股《また》に股間《こかん》プロテクターのようなもの、脛当《すねあて》、両足首にアンクレットを取りつける。

「これで終わりです。当店で可能なもっとも重い処置を施しました。それで……どうするのです？」

「俺に何か命令をしてみてくれ」

「め、命令ですか？　施した私からすると、もし拒否されたらそれだけであなたが死んでしまうのではないかと気が気ではないのですが……」

「いいから、大丈夫だから」

「そうですか？　くれぐれも抵抗はしないでくださいね。では……寝台から下りてください」

「断る！」

「ちょ!?」

バシルの命令を拒否。

するとどうだ。

「？」

一瞬、それがなんなのかわからなかった。

が、次の瞬間には否《いや》が応《おう》でも理解する。

苦痛だ。

体の各所で同時に耐えがたい苦痛が発生したため、感覚が混乱して体感に落とし込まれるまでにわずかな時間を要したのだ。

「ぐあぁぁぁぁ――――ッ！」

痛い。痛い。痛覚なんてないのに脳が痛い。おまけにかき混ぜられるような気持ち悪さもある。

またそれとは別に、サークレットが額をギリギリ締めつけてくるのも単純に痛い。首輪が首を絞めてくるので呼吸がままならない。心臓は鉛をねじ込まれたように鈍く重く痛い。脊椎が弾《はじ》けるような痛みを背中全体に発生させる。痛すぎて背骨もげろと願うほどだ。

「あばばばばぁぁ――――ッ！」

どういう原理なのか、脛当は向こう脛にガンガン衝撃をぶつけてくるし、アンクレットの効果なのか足の小指がタンスのカドにぶつけたかのように痛む。そして何より凶悪なのが、タマタマにデコピンくらいの衝撃を謎のリズムで絶え間なく与えてくる股間プロテクターだ。

誰だよこんなもん考案したのは！

「んほほほぉぉ――――んッ！」

もしも俺がマゾならば、今こそがまさに灼熱《しゃくねつ》の時だ。

しかし生憎《あいにく》と俺はノーマルで、この圧倒的な苦痛はただ圧倒的な苦痛というだけの地獄でしかなかった。

二年にわたるサバイバル、そして数々の困難を乗り越えることで、俺は苦痛に対する耐性を手に入れた。

にもかかわらず、それを突破してくるこの苦痛はなんだ⁉

くっ、これが人に苦痛を与えるために生みだされた真の苦痛というものか……！

まずい、正直舐《な》めてた。

過去、魔獣どもにボコボコにされた俺なら、奴隷が受ける苦痛くらい耐えられると踏んで奴隷になろうとしたのに、もうこの段階で心の骨がへし折れそうになっている。

無理か、無理なのか。

奴隷となって悠々自適な生活を送るという、俺のささやかな夢はここで潰《つい》えてしまうのか。

いや――否《いな》！　断じて否！

俺は乗り越える、乗り越えるぞ俺は。

森では地獄のサバイバルに適応して乗り越えた。

ならば、この苦痛にも適応し、打ち破ることだってやってやる。

「んがががが……ッ！」

手に入れるのだ、悠々自適の生活を！

スローライフなどというまやかしではない、本当に豊かな生活を！

「ががっ……がっ、たっ、だ……だぁぁぁ――――――ッ!!」

悠々自適な生活への渇望。

スローライフへの憤怒。

マスコミへの憎悪。

この三つが渾然一体《こんぜんいったい》となり、俺の中でひとつの像を結ぶ。

煮えたぎる極限の苦痛の中で幻視したもの。

それは――。

猫。

……なんで猫?

そう一瞬考えるも、苦痛に苛《さいな》まれる状況では考察などできようはずもなく、俺は幻視した茶白の猫にすがりつく。

人には象徴が必要だ。

どれほど強い想《おも》いであろうと、どれほど真摯《しんし》な祈りであろうと、それらは抽象的なものであり、であるからこそ集束させ、より強固なものとするために人は象徴を求める。

自身の精神が粉々に打ち砕かれてしまうような苦難にあるとき、すがりつける象徴を持っているかどうかで打ち勝てるかどうかが決まる。

だから俺は幻視した猫にすがった。

もう本当にそこに、手を伸ばせば「気安く触んな」と引っかかれるほどに近くにいる猫。

「んにゃにゃぁ――――――――んッ！」

俺は叫んだ。

叫んで、そして見た。

猫が背中を山なりに丸め、尻尾をぶわっと膨らませての臨戦態勢で『フシャーッ！』と抵抗の意を示すのを。するとどうだ。

バキンッ――

甲高い音を立てて魔道具が砕けた。

さらに体に施された奴隷紋も、パーンッとガラスが粉々になるように砕け散った。

「んなぁ!?」

よほどびっくりしたのだろう、バシルは体勢を崩し尻もちをついた。

そして苦痛から解放された俺は――

「ふ、ふふっ……ふはは……」

込み上げる笑いを抑えきれないまま、ゆっくりと寝台から下りる。

「はーっはっは！　やったぞ、やった！　思った通り、完璧だ！」

打ち破った。展望が開けた。

俺は賭けに勝ったのだ！

「おい、俺は奴隷になるぞ！　とびっきりの金持ちに売ってくれ。俺はそこで面倒な指示を無視しつつ悠々自適に暮らすことにする！」

そう、奴隷になれば合法的に金持ちの家へ転がり込むことができるのだ。

なんたる名案か。

しかしまあ、ただの穀潰《ごくつぶ》しになるつもりもないので、何か困りごとがあれば解決するために一働きくらいはする所存だ。

ほら、あれ、時代劇とかである「先生、お願いします」の要請で動きだすクソ強い浪人みたいな。

金持ちなんだから、きっとそういう機会はあるはず。

これなら俺を買ったお金持ちだってにっこりだ。

みんな幸せ。素晴らしい。

「な、な、何を言っているんです⁉　拘束を打ち破るようなとんでもない奴隷を売れるわけがないでしょう⁉」

「そこは上手《うま》くやってくれ！　すごく有能だとか説明して売ってくれたらいいんだ、あとは俺がなんとかする！」

「そんなの無理ですって！　もう帰ってください！」

「断る！」

「なんなのこの人⁉　帰ってくださいよ、お願いです、帰ってください、帰っ、帰れぇぇ――――ッ！」

このバシルの叫びに、様子を見守っていた護衛二人が動きだす。

そうそう、まさにこんな感じで頑張るつもりだ。

で、護衛二人は俺をとっ捕まえ、ここから放り出すつもりなのだろうが……そうはいかん！

悠々自適の邪魔はさせんぞ！

「ふしゃーッ！」

「かはっ」

「ぐふっ」

これが森ならコテンパンに叩《たた》きのめすところだが、二人は今日から一つ屋根の下で暮らす仲間だ。怪我《けが》をさせるわけにはいかないと、俺は平和的に威圧で二人を昏倒《こんとう》させた。

「ふははははは！　俺を止められる者などいやしないのだ！　そういうわけで今日から世話になるぞ！　ケインです！　よろしくお願いします！」

「か、帰って、お願い、帰って……」

「そう願うのであれば、早く大金持ちを見つけて俺を売り払うことだな！」

悠々自適な生活の始まりに俺は胸をときめかせる。

ところが——

「ふん！」

ドゴッ！

「いってぇ————ッ!?」

ケツに突然の衝撃！

わけもわからず倒れ込んでのたうち回っていると——

「まったく、もしかしたらと来てみれば……」

どこかで聞いた声。

俺を見下ろしていたのは、冒険者ギルドの支部長だった。

「おまっ、お前この！」

ケツを押さえながら睨《にら》みつける。

おのれ、『適応』さえ働いてくれたら……。

でもさすがに一回二回ではな。

「ちくしょう！　俺のケツになんの恨みがあるんだよ！」

「あるかそんなもの」

鬱陶《うっとう》しそうにため息をつき、支部長はへたり込んでいたバシルに手を貸して立ち上がらせる。

「ハ、ハインベックさん、彼はそちらの……？」

「いや、こいつは冒険者ではない。さきほど登録に来て問題を起こして逃げだしたんだ。その際、奴隷うんぬんと言っていたのでな、もしかしたらと一番近いここに来てみたんだ」

「それは……ありがとうございます。助かりました、本当に……」

「俺とてこいつの面倒を見る筋合いはないが、関わってしまった以上、放ってもおけん。こいつは回収していってもいいか？」

「それはもう。あ、ですが奴隷紋の処置の代金を支払ってもらわないと……それに拘束用の魔道具を破壊されてしまったので……」

「……払うよな？」

「くっ……」

一応、抵抗はしてみた。

でもダメだった。

踏み倒すことは簡単だ。

しかし、この『踏み倒した』というチンケな事実が、いずれ到来するであろう、悠々自適な生活にささいではあれど陰りを及ぼすこと、その可能性を考えるとやはりここはしっかり払っておくべきなのだ。

あーあ、所持金がごっそり吹っ飛んじゃったよ……。

＊＊＊

ドルウィッグ商店から冒険者ギルドへ連れ戻された俺は、そのまま支部長の執務室に監禁され、冒険者登録のための面接を受けることになった。

面接官は支部長――ハインベックだ。

「まずは名前を聞こうか」

「べつに冒険者になりたいわけじゃないんだけど……」

「いいから」

仕方なく俺は『ケイン』と名乗る。

「ケインか……で、ケインくんは、どこの生まれで、王都に来るまではどこで暮らしていたんだ？」

「――ッ」

どこの生まれで、どこで暮らしていたかだと……？

異世界生まれで、森で暮らしていた――そう答えたあとに生まれるであろう疑問――『なぜ』はすぐに予想できた。

だから言えない。言いたくない。言ってなるものか……！

「俺に、それを語らせようとするな。どうしても知りたいのであれば冥土の土産となることを覚悟しろ。これは脅しではない……！」

スローライフのことを思い出してちょっと怒気が漏れる。

その影響で室内の空気はビリビリ、物はガタガタ。

おっと、いかんいかん。

自宅みたいに吹っ飛ばすまでもなく、この影響だけで第八支部は倒壊するかもしれない。こんなボロ屋でも、弁償額はびっくりする金額になるに違いなく、俺は怒りを抑え込むため目を瞑《つぶ》り、さっき誕生したイマジナリーニャンニャンの様子を窺《うかが》った。

ニャンニャンはでろーんと横倒しの状態で、首だけひょこっと上げてこちらを見つめていた。リラックスしているが、完全には警戒を解いていないぞ、という体《てい》でくつろいでいる。のん気なものだ。

その姿はまるで寝釈迦像《ねしゃか》……ふむ？　釈迦か、イマジナリーニャンニャンの名前にちょうどいいかもしれない。考えてみれば、釈迦は苦行クソ食らえで穏やかに悟りを開いた悠々自適の達人ではないか。

よし、イマジナリーニャンニャンの名前はシャカだ。

と、名前が決まったことに満足していると、無粋な支部長が次の質問をぶつけてきた。

「じゃあ、王都に来た目的は？」

「目的か……。豊かな、心安らぐ豊かな生活を求めてだ。そのためには金が必要だからなんとかしようと思ったんだが……さっそく資金のほとんどが吹っ飛んだのは想定外だった」

「心安らぐねぇ……。少なくとも、お前に関わっちまった俺は心が安らぐことはねえな。にしてもお前、若造にしてはずいぶん金を持っていたが……どうやって稼いだ？」

「森に遠征に来ていた騎士団と縁があって、一緒に魔獣を狩って、それをヘイベスト商会に買い取ってもらった」

「騎士団にヘイベスト商会だぁ？」

支部長は胡乱《うろん》な目を向けてくる。

失敬な。

「疑うなら確認すればいい。隊長の名前はファーベル。商人はセドリックだ」

「……」

支部長、ますます胡乱な目つきになる。

なんでや。

「う、嘘《うそ》じゃないぞ、ホントだぞ」

「べつに疑っているわけじゃない。わけがわからんだけだ」

やれやれとため息をつき、支部長はさらに質問をぶつけてくる。

この事情聴取のような面接はそれからもしばし続き、終わったときには木級冒険者として登録されてしまっていた。

木で作られた冒険者証……。

マジいらないんだけどー。

「おい、明日またここに来て、なにか仕事を受けろ」

「へーい」

生返事だけしておくと、支部長は大きなため息をついた。

「ったく、来る気ねえな？　お前、宿はどこだ」

「まだ決めてない」

「そうか、では良い宿を紹介してやるよ」

くっ、これでは居場所を把握されることになる。

しかし王都へ来たばかりの俺が、日も傾き始めている今この時から宿を探して回るのはけっこうたいへんな気がする。

仕方ない、今日のところは紹介された宿に泊まることにするか。

＊＊＊

支部長に連れられ、夕暮れの都市を歩くことしばらく。

「なあなあ」

「あ？　なんだ」

「気のせいかと思ったけど、気のせいじゃないみたいだから聞くわ。なんか進むにつれ街並みがボロくなっていってね？」

冒険者ギルドがある辺りはまだ普通だったが、今はもう景観が粗雑というか、雑多というか、程度が落ちているのをはっきり感じる。

「この辺りは少し寂れているんだ。さらに奥へ行くと……」

「行くと？」

「冒険者にもなれないような連中が住む地区がある」

「はあ？」

どういうことだよ。

冒険者って貧者に対するセーフティネットな一面もあると思ってたんだが、そこすらすり抜けるってどんなだよ。原始人か。

「そんなところへ連れていくのかよ。……ん？　ま、まさか俺を食わせるつもりか!?」

「んなわけあるか！　そこまでひどい奴は……いねえよ！」

「いまいち信用できない感じがする！」

「いや、いないいない。つかお前、そんなこと心配するタマか？」

「宿を紹介するつって、こんなところに連れてこられた身になってみろ。いったいどんな宿を紹介するつもりだ？」

「ちゃんとした宿だよ」

夜中に宿屋のババアが包丁を研ぎだすとか洒落《しゃれ》にならん。

びっくりした拍子に魔法が暴発して一帯が更地になっても俺は責任持たないぞ。

「ちゃんとした宿が、どうしてこんな地区にあるんだよ。それともこの辺りは意外と宿屋の需要があるのか？」

都市の入口近くでもなく、大通りに面しているわけでもない、スラム一歩手前の地区でやっている宿屋の利点とは？

「ないな。まったくない。だからいつも暇している」

「え、なんで宿屋やってんの……？」

「あーもう、面倒くせえな。じゃあ簡単に説明してやるよ」

目的の宿屋は『森ねこ亭』というらしい。

経営は夫婦で行っており、二人はともに元冒険者。

冒険者時代、二人は困っているところを『さまよう宿屋』に助けられ、冒険者を引退したら宿屋を開くことを決めたそうな。

「へー、昔ってことは、その『さまよう宿屋』は二代目だろうな」

「は？　お前……知ってるのか？」

「友人に聞いたことがある」

この『さまよう宿屋』とは、その名の通り、放浪しつつ営業する宿屋。客になる者を見つけると、その場で営業を始める。二代目は地面にごろ寝するよりは快適な寝床と、料理、そして夜の番をするというサービス形態だったが、三代目となってからは、その場に『宿屋』を出現させて宿泊させるようになったそうだ。

聞けば、その『宿屋』はとても快適らしく、すっかりハマってしまったシルの妹が追っかけをしているらしい。

「ま、まあそれでだな、二人は引退後、宿屋を始めようとしたわけだ。それでこの地区に宿を構えちまったんだよ」

「なんで？」

「土地が安かったからだろ」

「えぇぇ……」

「まあ、コネも何もない二人が、王都の良い場所に宿を構えるってのは無理な話だしな。仕方なかったってのもあるんだろ」

「いや王都でなくて、ほかの都市とか、街道の途中とか……」

なんだろう、ここに建てるべきだ、という閃きでもあったのだろうか。

稲妻のような。

＊＊＊

到着した森ねこ亭は、こぢんまりとはしているものの、この辺りにある建物よりは立派な造りをしており、見た感じはそう悪くない宿屋に思えた。

「料理も美味《うま》いし、良い宿ではあるんだがなぁ……」

経営状況は悪いようだ。

支部長曰《いわ》く、宿屋の主人は定期的に冒険者として仕事をして、その報酬を運転資金にあてているらしい。

それはなんだか、気前よくお客さんにサービスしすぎて、店が赤字だからとアルバイトの収入でやりくりしている飲食店の店主を連想させた。

なんというか……からぶりサービスだ。

しかしながら『なんとしても宿屋を続けよう』というその意気込みだけは認めたい。

なにしろ、俺もまた『なんとしても悠々自適な生活を実現しよう』と決意した者だからだ。

「おーい、邪魔するぞー」

支部長がのっそり宿屋に入っていくので、俺もそれに続く。

「おや先輩、どうしたんですか？」

応えたのは、受付で作業をしていた男性。各所に継《つ》ぎ接《は》ぎのあるくたびれた服を着ているが、えらいハンサムなので貧乏くささが浄化されてやがる。青みのある金髪に、青い瞳、無精髭《ぶしょうひげ》。なんかダンディー俳優が貧乏人の役をやっているような感じだ。

つか――

「先輩……？」

「昔の話だ」

冒険者の先輩後輩か。

世話でも焼いていたのだろうか？

考えてみれば、今の職がまさに世話を焼く仕事。

俺にもいらん世話を焼いている。

「実はこいつを泊めてやってもらいたくてな。さっき冒険者登録を済ませたケインだ」

「ああ、なるほど。お金がないんですね。いいですよ、一人くらいなら――」

「いや違う違う。頼み――いや、頼みでもあるのか……？　まあだとしても、そういうことじゃない。普通に客の紹介だから」

「え、お、お、お客さん……!?　本当に……!?」

唖然とする男性。

なんで客が来たことにびっくりしてんの、この人……。

「こいつはちょっと訳ありでな。正直なところ懸念もある……が、やらかしたことに対して責任はとる妙な奴だから、まあ、大丈夫だろうと。金も持ってるし」

はっ、金か。

もうノロイさま一匹分くらいしか残ってないんだがな！

第5話　おもてなし攻撃のある宿屋

「なるほどわかりました。では、ようこそ森ねこ亭へ。私は主人のグラウです。どうぞよろしく」

「あ、どうも」

爽やかな人だ。

しかし経営する宿屋で閑古鳥が大合唱しているとなると、その爽やかさは第三者に言い知れぬ切なさを与えてくる。

「いやー、久しぶりのお客さんだよー。はは、いつ以来かなー」

やめい、切ないから。

俺が切なさを乱れ撃ちされていると――

「あれー？　支部長さんと……？」

受付カウンターの奥から現れたのは、オリーブ色のワンピースの上にくすんだ白のエプロンをつけた十歳くらいの少女。たぶん娘さんだろう。髪はほんのり赤みのある金色で三つ編みのお団子にしている。瞳は明るい褐色だ。

さらに――

「……!?」

少女に遅れ、チュニックとズボン姿の幼い少年が現れる。

こちらは暗い金色の髪、瞳のほうはグラウと同じ青である。

少年は知らない人がいてびっくりしたのか、しゃっ、と少女の背に引っ込むと、おずおずとこちらの様子を窺《うかが》う。

可愛《かわい》らしい。

「も、もしかして、お客さん……？」

まさかそんな……といった様子で少女は尋ねてくる。

また切なさ案件ですか……。

「おう、ディアーナちゃん、この坊主はお客さんだぞ。案内してきたんだ」

支部長が言うと、少女はぱぁーっと笑顔の花。

「わー、ひさしぶりのお客さん！　いらっしゃーい！」

大歓迎だなおい。

「あの、わたしはディアーナです。十歳です。こっちが弟です。……ほら、ラウくん、名前を言うの。がんばって」

「ラウゼ……」

ぼそっと呟《つぶや》くように告げ、ラウゼはお姉ちゃんの背に隠れつつも親指を曲げた四本指の手のひらをおずおずと見せてくる。

「そうか、四――」

「ちがうでしょラウくん。六歳でしょ」

息をするように騙《だま》された。

いや、もしかするとラウゼ——ラウくんの中では曲げた親指は数の折り返しで、あの手は六を意味していたのかもしれない。

「お客さんはどれくらい泊まっていってくれるんですか？」

「そ、それは……」

期待で目をキラキラさせた少女に「今日だけ」とか言いだしづらい。

ってか、とてもではないが言えない。

「し、しばらく……かな」

曖昧な返事で誤魔化《ごまか》しながら、きっとこれを狙ってこの宿屋に案内したであろう支部長を睨《にら》む。

が、支部長は怪訝《けげん》そうな顔。

あれ？

「しばらく……！　ありがとうございます！　あ、お父さん、わたしお母さん呼んでくる！」

え、お嬢さん？　そんなわざわざ呼んでこなくてもよくね？

なんだか扱いが久しぶりに会う親戚とか、昔は親しくしていたけど遠方へ行ってしまった人みたいな感じだよ？

そうは思うが、止めるわけにもいかず——

「おかーさーん！　たいへんたいへん！　お客さん！　お客さーん！」

ディアーナはぱたぱたと奥へ駆けていってしまった。

そんな姉を、てててっとラウくんも追う。

「ディア、あんなにはしゃいで……」

しみじみと言う親父《おやじ》さん。

いや、なにその雰囲気……。

宿屋に宿泊客が来てこの騒動ってどうなの？

俺が困惑していると、幼い姉弟は早く早くとそれぞれ母親の手を引いて戻ってきた。

格好はほぼ娘のディアーナ――ディアと同じで、長い焦茶《こげちゃ》の髪は三つ編みにして垂らしてある。

「お母さん呼んできた！」

「ん……！」

遣《や》り遂げた、という満足顔のディアとラウくん。

牽引《けんいん》されてきた母親は俺を認めると琥珀《こはく》の目を細めた。

「あらあら、可愛らしいお客さんなのね。初めまして、私はシディアといいます。どうぞよろしく」

「あー、ケインです。しばらく厄介になります、はい」

宿屋ってこんな自己紹介するもんだったたっけか？

この世界ではそうなのか、それともここだけなのか。

「さて、みんなの挨拶も済んだことだし、ケインくん、部屋はどうしようか。客室はすべて二階で、一人部屋が四部屋、四人部屋が一部屋あるんだけど……実は全部空いてるから好きなところを選んでもらっていいんだよね」

なんとなくわかっていたけど、宿泊客ゼロかよ。

つか好きな部屋って四人部屋とかでもいいのか？

たぶんいいんだろうな、まあ一人部屋を選ぶけども。

「いつお客さんが来てもいいように、どのお部屋も毎日ちゃんとお掃除してあるんですよ！　わたしも手伝ってます！」

えっへん、と胸をはるディア。

そんなディアごしに幻視したのは、まだ見ぬお客さんに思いを馳《は》せながら、せっせと客室を掃除する彼女の健気《けなげ》な姿であった。

ほろりときた。

「食事は私たちと一緒にとる感じでいいかな？」

「あ、ああ、それでかまわない」

一人だけだからな、家族の食卓に交ぜたほうが手っとり早いか。

「あなた、せっかくお客さんが来てくれたんだし、今晩はいつもより少し豪華にしましょう」

「そうだな。そうしようか」

「やったー！」

「やた……」

久しぶりの客に喜び、ちょっと豪勢になる食事。

それに期待する幼い姉弟。

なんだろう、この精神攻撃……。

ほら、あれだ、なんかお店で妙に歓迎されちゃうと、なんだか気後れして逆に行きづらくなることってあるよね？

悪意なんてこれっぽっちもなくて、むしろ善意だけなのに、どういうわけかいたたまれない気持ちになってしまうことって。

もしかして、まったく流行《はや》らないのって、妙に歓迎されるせいなんじゃないか……？

まあもう泊まるって言ってしまったし、ここで「やっぱり泊まるのやめる」と言えるほど、俺は無慈悲な将軍様ではない。

ここはもうあきらめて――ではなく、厚意を受け入れる方向で頑張ってみよう。

いや、むしろこっちからも厚意をぶつけて相殺するくらいしたほうがいい。

「あー、その食事なんだが――」

と、俺は『猫袋』に入れてあった食料を取り出す。

そのままの山菜や野菜、保存が利くように加工した肉、あと貰《もら》い物の塩や香辛料をどさっと。

「もう必要なくなったものだから使ってくれ」

この突然の贈り物に一家はびっくり。

支部長はなんともいえない顔をしているが。

「ど、どこから……!?　魔法!?　お客さんって魔導師さまなの!?」

「いや、そういうわけじゃない。なんとなく魔法が使えるだけで……えっと……さあお嬢ちゃん、これをお食べ」

どう説明していいものかわからず、とりあえず誤魔化すことに。

最近、たくさん採取する機会があったスモモ（もどき）を出してディアに渡す。

「甘い！　それになんだか元気がわいてくる！」

ディアは疑うことを知らぬ子犬がごとく、さっそくスモモに齧《かじ》りつき、もちゅもちゅと食べ始める。

よし、すっかり気が逸《そ》れた。

さらに、じーっとお姉ちゃんを見ているラウくんにもあげると、恐る恐る小さな口で齧りついて、ディア同様もちゅちゅちゅちゅっと懸命に食べ始めた。

「ケインくん、本当にいいのかい？　こんなに……」

「ああ、全然かまわない。まだあるけど、それはまたそのうちに」

言うと、シディア母さんが頭を下げる。

「ありがとうございます。ほら、あなたたちも」

「……（もちゅもちゅ）」

「……（もちゅちゅちゅっ）」

ディアとラウくんはスモモ（もどき）を食べるのに必死だ。

これには両親も苦笑いだった。

翌朝——

「あん……？　んん!?　——あ、そうだ、宿屋に泊まったんだった……」

目が覚めて少し驚いたのは、よほどぐっすり眠ったのか、頭がボケていて自分がどこにいるのかすぐに思い出せなかったからだ。

宿泊することになった宿屋——森ねこ亭の一人部屋。

室内はベッド二つ分くらいの広さで、備えつけのベッド、簡素な机と椅子、あとちょっとした棚という、何度か泊まったことのあるビジネスホテルに酷似したレイアウト。

感心したのは、ベッドに薄っぺらながらちゃんと綿の敷き布団が敷かれていたことや、その布団や毛布からお日様の匂いがしたことだ。

ちゃんと手入れしてるんだな……お客さん来ないのに。

のろのろと起きだして一階へ向かうと、宿屋一家はすでに朝の仕事を始めていた。

「やあ、ケインくん、おはよう。朝食はもうちょっと待ってね」

親父さんが教えてくれる。

いいね、待っていれば食事が用意されるとか素晴らしい。

とはいえ、ただぼーっと待っているのも退屈だ。

「よし、ここはいっちょ朝風呂としゃれ込むか」

宿屋の裏手にはちょっとした菜園と、小振りの荷車、あとはもう見るからに使われていない、今や薪《まき》置き場と化した馬房がある。

そんな馬房の横にあるこぢんまりとした風呂場、これは昨日俺がちゃっちゃと拵《こしら》えたものだ。

昨日、場の雰囲気に負けて宿泊することになったあと、風呂の有無について確認をとってみた。

すると、この宿屋に風呂はなく、大きな桶《おけ》を使っての行水で済ませるスタイルであることがわかった。

ってか、この世界のおおよその宿屋はコレであるらしい。

本格的な風呂となると、大衆浴場に足を運ぶしかないようだ。


『ときどき行くんですよ！　お風呂屋さんはただ大きな風呂があるだけじゃないんです。食べ物を売っているお店や、髪を切ってくれるお店や、肩を揉《も》んでくれるお店とか、色々あるんです。楽しいです』

とディアは言っていた。

なるほど、元の世界のスーパー銭湯、あるいは健康ランドに近いのか。正直興味は惹《ひ》かれる。そのうち行ってみたいとも思う……が、毎日通うのはさすがに面倒である。

そこで俺は一家の許可を得て、飯釜っぽい五右衛門《ごえもん》風呂を作り上げた。即席のため、構造的に薪などで追い焚《だ》きできるようにはなっていない。お湯が冷めたら俺が魔法で温めるという、完全に俺ありきな風呂である。そのうち追い焚きできるように改造してもいいが、ひとまずはこれで充分だ。

「食事は人任せでのんびり朝風呂。なんて優雅なんだ」

感動を噛《か》みしめながら、魔法でお湯をざばーっと出して溜《た》める。さらに薬草や果物の皮で作ったお手製の入浴剤を投入すると、辺りにほんわか良い香りが漂い始めた。

「あ、ケインさん！　おはようございます！」

風呂の準備をしていると、ひょっこりディアが現れる。薪を取りに来たようだ。

昨日はお風呂お風呂と大はしゃぎだった。

好きに使っていいと言ったらちょっと心配になるくらいはしゃいだ。

「あれっ、朝からお風呂に入るんですか!?」

「ふふっ、優雅だろう？」

「優雅ですね！」

おお、ディアにもわかるか、この優雅さが。

いずれはこの朝風呂の準備も誰かがやってくれるような生活になればいいと思う。

「あの……ケインさん、あとでわたしも入っていいですか？」

「ああ、存分に入ったらいい」

「やったー！　えへへー」

即席の風呂は正直しょぼいが、ディアはすっかり気に入ったようだ。

ちなみにラウくん、昨晩はこの風呂に入るのが嫌だと、入浴直前で逃げだしたらしく素っ裸で宿内を駆け回り、それを目撃した俺は座敷童《ざしきわらし》でも現れたのかとびびった。

いったい、なにがそんなに嫌だったのだろう。

謎だ……。

朝風呂後、食堂の大きなテーブルをみんなで囲み、朝食を頂く。

いつもの朝食より豪華だと喜ぶ姉弟。にこやかに眺める夫婦。それはとてもアットホームな風景で、なんだか宿屋というより民宿……いやこれはもはや親戚のところに居候しているような……？

「ケインさん、このあとはどうするんですか？　わたしでよければ王都を案内しますよ。知っているところだけですけど」

昨日、あれこれ尋ねてくるディアに、俺が森からやってきたお上りさんであることを話した。

それゆえの提案だろう。

確かに土地勘は皆無、そもそも街の造りがまったく馴染《なじ》みのない異国どころか異世界の都市だ、考えなしに歩き回れば迷子確定である。

ディアの提案は願ったり叶《かな》ったりだが――

「あー、冒険者ギルドに顔を出さないといけないんだ」

ぶっちゃけ行きたくないが、そのうち支部長が突撃してくるに違いなく、であれば自分から行ったほうがまだ気分的にいくらかマシというもの。

「早く戻れたら、案内をお願いするよ」

「わかりました！」

そんな会話をしつつ、なごやかに朝食を終えたところで俺は冒険者ギルドに出向くことにする。

と、その前に――

「ところで宿代っていくら？　ひとまず十日ぶんくらいまとめて払おうと思うんだけど……」

出かけ際、親父さんに尋ねる。

「宿代か……どうしようかな。ケインくんにはたくさん食材を貰ったし、水も使い放題にしてもらったし……。うん、しばらくはいいよ。そのうち貰うから」

「えぇぇ……」

経営難にもかかわらず宿代を免除された……！

「それにほら、お風呂を作ってくれただろう？　妻も娘も喜んでいるし、むしろこっちがお金を払わないといけないくらいだよ」

「そ、それはちょっと……」

下手に話を詰めていくと、最終的にはお金を支払われかねないと危機感を感じ、大人しく宿代免除を受け入れて話を終わらせた。

いったいどうなってるんだこの宿屋は。

その後、冒険者ギルドへ向かう俺を、宿屋一家は総出で『いってらっしゃーい！』と見送ってくれた。

サービスが充実しているとは言えないものの、おもてなしのボルテージだけはやたら高く、むしろこちらが気後れするくらいだ。

「なんとかして宿代を支払わねば……」

そんなことを考えながら、俺は冒険者ギルドを訪れる。

そしたら——

「楽して大金が稼げるお仕事なんてありませんからね！」

いきなりコルコルに釘《くぎ》を刺された。

「はは、これは手厳しい」

「手厳しくはないでしょう⁉」

コルコルは朝から元気だ。荒くれ者の冒険者を相手にする受付嬢ともなれば、これくらいの勢いがないと務まらないのだろう。

「なあコルコル、俺、なんで冒険者になってるんだろう？」

「知りませんよそんなこと！　さっさとあちらにある掲示板からできそうな仕事を選んで働きに行ってください！　あとコルコル言うな！」

「へーい」

掲示板は昨日俺がぶち破った壁の横にあり、冒険者の等級ごとに分けられている。そこには文庫本くらいの大きさの薄っぺらい木板——依頼板がピンで留められていた。

ちなみに、俺が開けた壁の穴にはボロい板が打ちつけられているのだが……これ、応急処置なんだよな？　俺から金を巻き上げておいてこれで済ますつもりってわけじゃないよな？

もしこれで済ますつもりなら訴訟も辞さない。

静かに覚悟を決めつつ、俺は掲示板に並ぶ依頼の内容と報酬を眺め、ざっと確認し終わったところで、うん、と大きく頷《うなず》いて呻《うめ》く。

「なるほど、ゴミしかねえわ……」

現在、木級冒険者である俺が受けられる依頼となると、都市部では主に日雇い労働のそれであり、郊外となると薬草採取などと、ろくなものではなかった。

「この中で受けるとすれば……散歩がてらの薬草採取か？　でもなぁ、郊外まで出るってけっこう面倒だな。飛ぶのは苦手だし。かといって都市部での仕事は、受けても辿《たど》り着ける自信がねえ」

都市の詳細な地図でもあれば話は別だが、きっとそんなものは存在しない、あるいは一般には出回っていないだろう。

「ん？」

どうしたものかと考えていると、階級関係なしのお仕事掲示板があるのに気づく。

常設の依頼のようだが——

「あれ、これって……」

採取依頼のうち、いくつかは手持ちがある。

「なんか妙に報酬もいいが……これ、提出して終わりってことでいいのかな？」

ものは試しと、俺は依頼板の一つを手に取ってコルコルの元へ。

「むっ、ひとまず仕事を選んできたようですね」

「うん。でもってはいこれ、指定されてる薬草」

「え？」

依頼板と一緒に『猫袋』から薬草――葬送花《そうそうか》を一株出して提出する。

この葬送花、とても良い香りのする花で、お茶や入浴剤などに使うため大量に確保してあった。

ちなみに、名前の由来はこの花の特性に関係する。この花はその良い香りで魔獣を誘《おび》き寄せ、鉢合わせさせ、その場での殺し合いを誘発させるのである。この花が咲き乱れるエリアは、敗北した魔獣の骨がごろごろ転がっている。もはやホラーだ。

なにも知らぬままその花畑に踏み入っていたら、下手すれば俺もそのお仲間になっていたかもしれないってことを思えば特に。

「これでいいんだよな？」

「え、えーっと、えー……」

依頼板と薬草を見比べるコルコル。

やがて――

「しょ、少々お待ちください！」

そう言い残し、パタパタと奥へ引っ込むコルコル。

提出した薬草が本当に指定の薬草なのか否《いな》か、ちょっとした騒ぎになり、この騒動に支部長までのっそり姿を現した。

「ちゃんと来たのはいいが……お前、なにか騒動を起こさないと気がすまないのか？」

「これ俺なにも悪くねぇだろ!?」

結局、依頼を出していた錬金術ギルドから人を呼んでくることになり、俺はそのまま待機となった。

「むしってきた薬草一本でこんな騒ぎになるとは……」

森でいくらでも採集できる草一本が数万ユーズとは、まったくたまげたものである。

いや、あれか、元の世界と照らし合わせると、松茸《まつたけ》生えまくりだけど、高確率で餓《う》えた熊と複数回遭遇する場所へ行けるかどうかという話か。

そう考えると……なるほど、高値になるわけだ。

これで『猫袋』に放り込んであるほかの薬草も提出したら、いったいどんなことになるのやら。

「んー？　あれー、これまで捨てていた魔獣の素材が募集されてるな……」

待たされている間、各等級の依頼を眺めて時間を潰《つぶ》していたところ、これまで自分はもったいないことをしていたという事実が明らかになった。

「でもなー、牙とか角とか、山ほど持っていても意味ないし……」

毛皮や腱だって、そんなやたらめったら使うものではない。

つか目玉とか脳とかって、そんなもん普通保存しとかねえよ。

「で、ふむ……魔獣の子供の捕獲なんてのもあるのか」

魔獣の子を捕獲するための人員募集がされている。

けっこうな報酬が提示されているのは、ただの狩猟や討伐よりもたいへんだからということなのお金持ちが道楽で飼うのかな？

「ふーむ、魔獣の子供か……」

子供が攫《さら》われるのを、指をくわえて眺めている親はいないからな。

だろう。


依頼を眺め終わって暇になった。

そこで新人である俺に絡んでくる先輩はいないかと、居合わせた冒険者たちに絡みに行ってみた。

ところが、どういうわけかみんな俺とは関わり合いになりたくなさそうに、素っ気ない対応をするばかり。

「おかしいな、どうして誰もいちゃもんつけてこないんだ……？」

「おかしいのはお前だ」

失礼なことを言うのは支部長。

その隣にはハアハア息を切らす男性がいて、唐突に俺の両肩をがっと掴《つか》んできた。

「き、君が葬送花を持ち込んだ冒険者だね!?」

「ええ、まあ。あー、よそのギルドの人？」

なんとなく学者風味な装いから、この人はこのボロいギルドの関係者ではなく、もっと良いところの人間であると踏んだ。

「そう、錬金術ギルドの者だ。話を聞いて走ってきた。よくもまあ、あんな物騒なところにしか咲かない花を、あんな良い状態で持ち帰れたものだとびっくりしたよ。あれはアロンダール大森林で採取したものだろう？」

「そうそう、いっぱい咲いてたよ」

「い、いっぱい咲いてた……？　それちょっとした地獄だろ……。なんでそんなとこ行っちゃったの？　死にたかったの？」

なんか引かれた。なんでや。

「まあ地獄は置いといて、あれが本物だってことは、確認してもらえた？」

「それはもちろん」

やれやれ、これでやっと依頼達成だな。

「ところで、地獄を覗《のぞ》いてきた君は、ほかにも葬送花を持っているんじゃないかな？　もしかして、依頼が出ているほかの薬草も持っていたりしない？」

「あるにはある」

「おお！　ぜひそれも買い取らせてもらいたいんだが！」

「今日はもう面倒くさくなったから無理！　またそのうち！」

「ええっ!?」

びっくりする男性を放置して、俺はコルコルから報酬を受け取る。

なんか支部長が渋い顔をしていたが気にしない。

言われた通りちゃんと来たし、しっかり仕事もした。だから文句は言わせないし、言えないことは支部長もわかっているから変顔を披露しているのだろう。

冒険者ギルドを後にした俺は一路森ねこ亭へ引き返す。

寄り道しようにも行く当てがないし、下手に散策したら迷子になりそうだったので今日のところは大人しく帰り、ディアに王都を案内してもらうことにした。

「収入もあったし、案内のお礼ってことで昼食でも奢《おご》ってやるか。となると、ラウくんも誘わないと可哀想《かわいそう》だな」

そんなことを考えながら歩いていた、その時――

「……わんわん……！」

なにやら、聞き覚えのある鳴き声が……。

鳴き声のしたほうを見やると、淡い山吹色の毛並みをした一匹の子犬がこちらに駆け寄ってくるところだった。

「あれ、ペロ？　なんで？」

こいつは森で生活しているとき、ときどき餌をたかりに来ていた子犬（♀）である。

……たぶん犬のはず。狼《おおかみ》はあんなわんわん吠《ほ》えないから。

つかこいつ、森から俺を追ってきたのか？

「わん、わんわん！」

伏せたり、跳ねたり、ぐるぐる回ったり、ウィリーしたり、ペロは忙《せわ》しなくじゃれついてくる。

だが、これは再会を喜んでいるわけではなく、餌の催促をしているだけなのだ。

「まさかこれを貰うためにわざわざ……？」

もしかしてシセリアとこいつってどっこいなのか……などと考えながら『猫袋』から取り出したのは、衝撃猪《しょうげきじし》の肉を撲殺樹《ぼくさつじゅ》のチップで燻《いぶ》した俺特製の燻製《くんせい》肉である。

「きゃうーん！　きゅんきゅーん！」

よこせ、早くそれをよこせ、と俺の足にすがりついて催促するペロはあざといほどに可愛らしい。可愛いは正義か。これが薄汚れたおっさんだったら絶対にくれてやらないだろう。

「ほれ」

「おん！」

スマホ大の燻製肉を放ると、ペロは即座に反応してがぶっとお口でキャッチ。でもっていったん地面に置き、前足で押さえつけながら食いちぎって食べ進めていく。なかなかワイルド。

やがて食べ終えたペロは、また俺を見上げて尻尾をぱたぱた。

「わん！　わん！　きゅんきゅうーん！」

「まだよこせってのか……」

仕方なく追加。

まったくよく食う子犬である。

しかしそのわりには、さっぱり大きくならない謎の子犬。もう出会ってから半年くらいたつが、一向に育たず姿は子犬のままだ。もしかして珍しい魔獣なのだろうか？

そう考えた、その時——

「——ッ!?」

稲妻のような閃《ひらめ》きが。

俺はペロを抱え、急いで冒険者ギルドに引き返した。

「いったいなにを考えてるんですか貴方《あなた》は！」

おお、コルコルが荒ぶっておられる……。

でもって、いきり立つコルコルに抱きかかえられたペロもまた「がるる……！」と俺を威嚇中だ。

周りに集まったほかの受付嬢からも敵意を感じる。

「お前、騒ぎを日に二度とかな……」

来なくていいのに、支部長まで出てきた。

「追ってきた子をさっそく売り払おうとするとか、ホント信じられません！　人としてどうなのですか!?　この子ったら、びっくりして貴方を二度見してましたよ!?」

「え、だって……ほら、お金持ちに買われて不自由なく幸せに暮らせるかなぁー、と。俺もお金が手に入って幸せだし」

これぞＷｉｎ-Ｗｉｎというやつだ。

「あのな、そもそもうちでは生きた魔獣の買い取りはしていない。やっているのは従魔ギルドだ。ちなみに、所属していない者が魔獣の売買をしようとするのは違法だぞ」

「は？　依頼にあるじゃん」

「よく読め。その従魔ギルドに関係する依頼だ。冒険者は捕獲のための人員なんだよ」

「あ、そういう……」

なんだ、従魔ギルドって『鍛え抜かれた魔獣捕獲部隊！』みたいなのを保有しているわけではないのか。

「ところでさ、そいつってどういう魔獣なんだ？　出会ったのは半年くらい前なんだけど、ずっとちっこいままなんだよ」

「生憎《あいにく》と子供のままでは判断がつかんな。魔獣の子供というのは珍しいもので、詳しい奴なんてそうそういない。しかし……ふむ、見た目は狼の子供だが、成長が遅いとなると……特別な個体か？　単独でいるのは、特別ゆえに群れを追われたか」

「そんな……！　可哀想なペロちゃん！　ねえペロちゃん、よかったらうちの子になりませんか？　お姉さんと一緒に暮らしましょう？」

と、コルコルはペロを懐柔しようとするも——

「くぅ～ん……」

「むぅ、売られそうになってもあの人がいいんですか……」

コルコルが渋々下ろすと、ペロはててっとこちらに駆け寄ってきた。

でもってズボンの裾をがじがじ噛んできた。

「裏切られてもまだ慕うなんて、なんて健気な……！」

「いや攻撃されてんだけど……」

「ともかく、お前が飼っていたんだから、ここでもちゃんと面倒を見ろ。従魔ギルドには俺が登録申請しておくからな」

「え!? こいつ、餌をたかりに来ていただけで、俺が飼っているわけじゃない――」

「しておくからな」

押し切られた……。

＊＊＊

わんわん吠えるくせに実は狼らしいペロ。

そんなこいつは、きっと人里に遊びに来ているだけ。飽きたらさっさと森に帰るはず。

そう前向きに考えながら、俺は渋々ペロを連れ帰った。

「あ、ケインさんお帰りなさ――ってその子は!?」

「ちいさいわんわん……!」

ディアがすぐに興味を持ち、一緒にいたラウくんも目を輝かせている。

「こいつなー、森から俺を追っかけてきたんだよ。この宿って従魔は大丈夫? 駄目なら……どうしよう。売るわけにも、捨てるわけにもいかないんだ。森へ返しに行くのも面倒だし……」

「だ、大丈夫です! ちょっと待っててくださいね! ――おとーさーん! おねがーい! 子犬飼いたいんだけどー！　おとーさーん！」

ディアがどたばたと走り去る。

そして残されたラウくん……いや、あえて残ったのか？

じぃ～っと、ラウくんは口半開きで舌を出したアホ面《づら》のペロを見つめている。

「抱っこしてみる？」

「……する」

こくり、と頷き、ラウくんはペロをむぎゅっと抱きしめた。

人生初もふもふだろうか？

と、そこにディアが戻ってくる。

「ケインさん、大丈夫でしたよ！　――あ、ラウくんいいな！　お姉ちゃんにも抱っこさせて！」

「やっ」

「ラウくん!?」

弟に拒否され、愕然《がくぜん》とするお姉ちゃん。

なんということか、魔性の獣たるペロはその愛嬌《あいきょう》で純朴な姉弟を魅了し、二人の間に不和をもたらしてしまった！

「ラウくーん、お姉ちゃんにもー！」

「やー」

ペロを抱きしめたまま逃げるラウくん、それを追うディア。

楽しそうでなによりだ。

「しかし、まさか森から追ってくるとはなぁ……」

いなくなった、ではあきらめず、森を突破してくるペロの食い意地のすさまじさよ……。

と――

「あ、そういやあいつに連絡してねえ」

ふと、シルのことを思い出す。

きっと俺を訪ねてきたらびっくりするだろうな。

そりゃログハウスが爆心地に変わっていたら驚くに決まっている。

いくら勧められても、頑《かたく》なに森から出なかった俺がまさかウィンディアにいるとは思わないだろうから、行方不明になったと心配するんじゃないだろうか？

うーん、なんとか連絡をとりたいところだが……。

＊＊＊

その日、私はおよそひと月ぶりにケインの家を訪れようとしていた。

前回の訪問からこれだけの期間が空くのは、あいつと出会ってから数えるほどしかない。

今回、訪問が遅れたのは、妹――マリーことマリヴェールに誘われ『さまよう宿屋』に泊まるため、その『さまよう宿屋』を見つけるのに時間がかかったためだ。

現在、『さまよう宿屋』は三代目。

屋号を承継したのは若い男性で、ケイン同様に使徒であった。

彼は元いた世界の宿を参考に作り上げた宿を複数異空間に仕舞い込んでおり、放浪――つまり『さまよう』なかで出会った客の要望に応じた宿をそこから取り出す。

今回、彼が私たちのため（それともマリーの要望があった？）に用意してくれた宿は実に絢爛豪華《けんらんごうか》、小さな宮殿とでも言うべきものであった。

『姉さま、わたしが目をつけた使徒はすごいでしょう？』

まるでこちらは『すごくない』と言われたようで私はつい顔をしかめてしまうが、考えてみればあいつが『しょぼい』のは事実。

駄目だ、しかめた顔が戻せない。

さらに眼前の立派な宿を眺めてしみじみと思うのは、やっぱりあいつの家はちょっとひどいなぁということうしようもない現実だ。

なにしろ、お土産として私が持ち込んだ品以外は、すべてあいつが自作したもの。加工技能があるわけでもないあいつが作り上げるものは、水瓶《みずがめ》であれ、ベッドであれ、そして絶対に言えはしないが家そのものであれ、素人臭さを感じさせる歪《いびつ》さがあった。

けれども――

そんな家が私にとっては居心地の良い場所だった。

それこそ『さまよう宿屋』の宿よりも。

なぜそう思えるのか？

それはきっと『家』の問題ではないからだ。

確かにマリーが目をつけた使徒の宿は『すごい』のかもしれないが、あいつ――ケインという、スローライフなるものに取り憑《つ》かれたあの変わり者は、あれで実に面白い奴なのだ。

『でも森の中で大人しく暮らしているなんて、つまらないじゃない』

マリーは言う。

これを私は「違う」と否定した。

実際、マリーの想像はかなり間違っている――いや、事実と異なってしまっている。

あいつは大人しくなんて暮らしていない。

いつも突拍子もなくて、ばかばかしくて、騒がしい――

……ああ、だからか。

だから、あいつと一緒にいると飽きがこないのだ。

つまり私にとってのあいつは、マリーの言うところの『すごい』に該当しない特別な何かなのだ。

んー……たぶん。

鬱蒼《うっそう》としたアロンダール大森林。

そこにぽっかりとある広場にあいつの家はある。

それはかつて聖域であった場所。あいつに害意を持つ存在をことごとく拒む聖域。今やその効力を失ったが、もしかするとそれは、もうあいつにとって不要となったために消えたのではないか
――そう私は考えている。

家の近くまで来たところで、私はまず妹に誘われ『さまよう宿屋』へ行ってきたことを話題にしようと思った。

それから魔法鞄《かばん》に詰めてきた料理を出して、それを酒でも飲みながら二人でつまみつつ、ちょっと鬱陶《うっとう》しかった妹への愚痴を聞いてもらおう。どうせあいつのほうは特に変わりなく――

「ん？」

異変にはすぐに気づいた。

なにしろ、聖域が爆心地に変わっていたのだから。

「なんじゃこりゃぁぁぁ――――ッ!?」

私の口から絶叫が飛び出した。

あまりに驚きすぎて、そうか、本当に驚くとこんな大きな声が出るものなんだな、と冷静に考えてしまう自分を発見するほどだった。

「なん、なん、なんじゃこりゃぁぁぁ――――ッ!?」

生まれてこのかた、これほど驚いたことはない。

ひとしきり叫んだあと、私はようやく落ち着き、ここで何があったのかを考えられるようになった。

まずは――

「ケイン！　おーい！　ケイーン！　おーい、私だー！」

あいつの身を案じて呼びかける。

けれど、いくら呼びかけようと反応が返ってくることはなかった。

「あいつのことだから無事だとは思うが……」

呟きつつ、改めて爆心地を観察する。

「しかしこれ、魔獣がやったのか……？　いや、あの馬鹿みたいに頑丈な家を跡形もなく破壊するような魔獣など、心当たりがないぞ。それに……一撃だ。これは一撃でやってのけたんだ」

強大な力を持つ何かがあいつを襲った、そう仮説を立ててみたが、ではその動機はとなると首を捻《ひね》るしかなかった。

森に棲《す》む魔獣の仕業であれば実に納得できるものの、これが外部のものとなると、余計に見当がつかなくなる。

なにしろ、あいつはこの地に現れてから、一度たりとも森を出たことがなく、であれば恨みなど買うわけもないからだ。

「いや、理由になりそうなものが一つあるか。あいつは使徒だ」

使徒の存在は広く知られている。

実際に会ったことのある者こそ少数ではあれど、その存在は『スライム・スレイヤー』の悪行によって誰もが知るところとなったのだ。

そのため基本的に使徒は敬われる、あるいは恐れられるものだが、なかには勘違いした自信家が無謀にも勝負を挑むということもあった。

「確かに、これだけのことをしでかす力を持てば、勘違いもするだろうな……だが——」

私は固く目を瞑《つぶ》る。

「あいつが、あんなに頑張って建てた家なんだぞ……」

不定期ではあったが、私はあいつの奮闘を見守ってきた。

スローライフスローライフ言いながら、嬉々《きき》として苦労するために努力している姿は、正直理解を超えていて不気味ですらあった。

だがその努力は、流した汗は、血は、確かに本物なのだ。

そんな血と汗と涙の結晶である家を木《こ》っ端微塵《ぱみじん》にしてしまう。

そこまでする必要はあったのか。

「……ッ」

突然、体が激しい身震いを起こし、私はゆっくりと瞼《まぶた》を上げる。

「ああ、なるほど……そうか、こういう怒りもあるのだな……」

もしかするとそれは、怒りというより憎しみか。

爆発するように発散されるものではなく、ぐらぐらと胸の奥で煮えたぎっていつまでも冷めないもの。

「いや、まだ、まだだ。まずはあいつを捜すべきだろう。もしかすると怪我《けが》をして動けなくなっているかもしれない」

そう自分に言い聞かせるように呟き、私はあいつを見つけるために森を巡った。

しかし――

「見つからない……。くそっ、あいつ、無駄に隠れるのが上手《うま》くなったからな。本気で隠れていたら見つけ出せないか」

あいつの捜索をあきらめるとなると、他にできることは一つだ。

襲撃者はこの森の外からやってきたのだろう。

そうなると、森から出ようとしないあいつは襲撃者を追うことができない。

ならば、この襲撃者の確保は私がやるべきだ。

「伝手《つて》はないが……。まあ、そこは頼み込めばどうにかなるだろう」

閑話2　ディアーナ

わたしはディアーナ！

宿屋『森ねこ亭』の看板娘！

十歳です！

まだ小さいけど、ちゃんと森ねこ亭のお手伝いもしています！

がんばってます！

でも、うちの宿屋はいつも暇です！

お客さんが来ません！

来ません！

なんで!?

毎日お掃除してるから清潔だし、料理も美味《おい》しいのに！

あんまりお客さんが来ないから、お父さんは冒険者のお仕事をしてお金を稼いできます。

これでしばらく森ねこ亭も安泰だ、とか言います。

わたし、それはなんか違うような気がします！

でも、仕方ないのもなんとなくわかってます！

森ねこ亭が暇なとき、お父さんとお母さんは、いつ宿屋をやめることになっても大丈夫なようにって、わたしが冒険者として働けるように訓練をさせます。

でも、森ねこ亭がなくなったときの準備をするのは……なんか嫌です。

なのでわたしは、冒険者として働けるようになったらいっぱいお仕事してお金を稼いで、この宿に泊まろうと思ってがんばっています。

……え？

なんか違うって？

そういうことを言ってはダメです！

わたし、がんばって訓練しているんですから！

……ん？

森ねこ亭はいつも暇だから、つまりずっと訓練してるんじゃないかって？

そういうことも言っちゃダメです！

さすがにそこまで暇なわけではなくて……あ、嘘《うそ》です。いつも暇です。すみません。

で、でもですね、いつお客さんが来てもいいように、準備をしておくっていうお仕事はあるんですよ？

＊＊＊

春になってもうちの宿屋は暇でした。

去年も暇だったような気がします。

もしかしたら来年も暇なんじゃ……。

困りました。

このままでは、うちの宿屋にとってお客さんが『おとぎ話』になってしまいそうです。

むかしむかし、宿屋には『お客さん』なる人が泊まりに来てお金を払ってくれたそうな、とかそんなことになってしまいます。

これはやっぱり、わたしが『お客さん』になるしかありません。

でもそのためには、まず冒険者になってお金を稼がないといけません。

でもでも冒険者になれるのは十二歳から。

あと二歳足りません。

歳《とし》を誤魔化《ごまか》して登録できないかな……？

う〜ん、一番近い冒険者ギルドの支部長さんは、ときどき食事に来てくれるからわたしのこと知ってるし……。

これは、誤魔化してもすぐにバレそうです。

やるなら別の支部に行って登録しないといけないのですが……わたしが森ねこ亭からいなくなれば、当然お父さんとお母さんにはバレます。

絶対どういうことか聞かれます。

歳を誤魔化して冒険者になるのは無理かなぁ……。

いったいどうしたらいいんだろう。

そんなある日――。
来た！
お客さん来た！
ひさしぶりのお客さん！
ケインさん！
しばらくうちに泊まってくれるって！
すごい、しばらく、すごい！
しばらくって何日くらいなのかな!?
わたしはつい大はしゃぎしちゃったけど、お父さんやお母さんだって喜んでました！
お母さんなんか、今夜は食事を豪華にしようって！
そしたらラウくんも喜びました！
すごい、みんな喜んでます、やっぱり『お客さん』はすごい！
でもケインさんはただの『お客さん』じゃなくて、もっとすごいお客さんでした！
突然、どこかからお肉とかお野菜とか、調味料とかを出したのです！
魔導師さま!?
びっくりして尋ねると、ケインさんは果物をくれました！

美味しい！

＊＊＊

ケインさんは『お客さん』ですごい魔導師さまでした。

だから支部長さんがわざわざ案内してきたんだと思います。

挨拶が終わったあと、ケインさんはここにお風呂があるか聞いてきました。

うぅ〜、お風呂はないよぉ〜。

じゃあ泊まるのやめるとか言いだしたらどうしよう……。

そんなことを思っていたら、ケインさんはお風呂を作るとか言いだしました。

そして本当に、庭にお風呂を作ってしまったんです。

小さいお風呂、でもちゃんとお風呂。

すごい、うちにお風呂だなんて……。

おまけにわたしたちも好きに使っていいって言ってくれました！

こ、これは入らないわけには……！

最初にケインさんがゆっくり入ったあと、さっそくわたしもお風呂に入らせてもらうことにしました。

ラウくんも一緒です。

大人だと一人しか入れないくらいの大きさだけど、わたしとラウくんなら大丈夫！
まずわたしはラウくんの服を脱がせて、それから自分の服を脱ぎ始めようとしました。
そしたらラウくんが逃げだしました。
なんで!?
びっくりしつつも追いかけます。
なかなか捕まらない！
いつも大人しいのに、どうしてそんなにすばしっこいの!?
ラウくんは必死に逃げ回ったけど、それでもわたしはお姉ちゃん。
最後にはちゃんと捕まえました。
それから、どうしてお風呂に入るのが嫌なのか尋ねてみました。
……え？
怖い？
お風呂が？
いったいどういう……。
ん？
なんだか煮られるみたいで怖いって？
どうもケインさんの作ったお風呂の形が、鍋を連想させてしまったみたいです。
思わず笑ってしまいました。

＊＊＊

翌日、一泊したケインさんは朝からお風呂に入ろうとしていました。

朝からお風呂なんてすごい。びっくりです。優雅です。

次に入ってもいいかお願いしたら、快くいいって言ってくれました。

すごいです、これでわたしも優雅の仲間入りです。

そのあと、ケインさんは森ねこ亭で使う水を補充してくれました。

お風呂のお湯と同じように、魔法でざばーと、あっという間にやってくれました。

いつもなら、水瓶《みずがめ》とか樽《たる》を荷車にのせて、離れたところにある給水泉まで汲《く》みに行かないといけません。

たいへんなお仕事です。

楽をしたいなら水売りの人から買えばいいのですが、買うためのそのお金に苦労しているので、けっきょくは自分たちで汲みに行くしかないのです。

それをケインさんが全部かたづけてくれました。

すごい……お客さん、すごすぎる……。

あ、でもお父さんはケインさんから宿代を貰《もら》うわけにはいかないと言っていたので、お客さんとはちょっと違うのかもしれません。

たしかに、ケインさんには食材を貰ったりお風呂を作ってもらったりしています。それにお湯を用意してもらって、ここで使う水を補充してもらって……。

お客さんじゃないのなら、ケインさんはなんなのでしょう？

う～ん……。

お客――さま？

＊＊＊

朝食を食べたあと、ケインさんは冒険者ギルドへ出かけていきました。

すごく面倒くさそうでした！

そんなケインさんと、帰ってきたら街を案内する約束をしました。

少しでも恩返しをしないと……。

あれ？　ラウくんも行くの？

途中で疲れちゃうかも……うん、行きたいのね。

やる気になっているラウくんはめずらしいです。

それからわたしは張りきってお父さんとお母さんのお手伝いをしてケインさんが帰ってくるのを待ちました。

そしてお昼前に帰ってきたケインさんは……なんか子犬と一緒！

可愛《かわい》い！
これはうちの子にしないと……！
お父さんにお願いに行くと、すんなり飼うことを許してくれました！
やったー！
急いで戻ると、ラウくんがぎゅーっと子犬を抱きしめていました。
すっかり気に入っちゃったみたいです。
でも、独り占めはずるいです！
お姉ちゃんも抱っこしたいのに……！
子犬を抱えて逃げるラウくん。
追いかけながら、でも、わたしは笑顔。
様子を見に来たお父さんとお母さんも笑顔です。
静かだったうちが急ににぎやかになりました。
もしかしたら、これからもっとにぎやかになるのかもしれません。
ケインさん、ずぅーっといてくれたらいいのになぁー……。

第6話　公園の野良少女

森で暮らしている頃は、たまに現れては餌をねだり、満足すると去っていく感じだったペロ。

あんな子犬がこの森で生きていけるものかと、一度、ペロのあとをついて回ったことがある。

結論から言うと、まったく問題なかった。

襲ってきた粉砕鹿《ふんさいじか》（ノロイさまよりだいぶ強い）を追い払っていたので、これなら大丈夫だろうと、それからは好きにさせていた。

あいつはきっと奔放を良しとする気質で、縛られることが嫌いなのだろう。

などと思っていたのだが……どういうわけか、ペロの奴は大人しく宿屋で飼われている。

森へ帰る素振りすら見せず、いっぱい食べて、いっぱい遊んでもらって、そしていっぱい寝る。

この俺を差し置いて、なんたる悠々自適か。

まったく、ふてえ子犬だ。


王都は大きい。

それでもここ数日、散歩がてらディアに案内してもらい、少しは道や場所を覚えた。

それに今はペロもいる。

もし迷子になったとしても、きっとこう、臭いかなんかを辿《たど》りながら宿屋へ帰ることが可能なはずだ。

こんな思惑もあって、王都を散策するときはなるべくペロを連れていく。

これで迷子になって、ペロが想定通りに働いてくれたら、それは出会ってから初めてペロが役に立ってくれた瞬間ということになる。

ただまあ、進んで迷子になるつもりはないので、ペロは変わらずなんの役にも立たないまま、ただ餌をねだり、そして愛想を振りまくだけの子犬であり続ける可能性が高い。

そんなペロをお供に訪れたのはウィンディア自然公園。

園内にユーゼリア騎士団の訓練場まであるような広い公園であり、その成り立ちを知らなければ、存在自体が不可解な場所でもある。

要は『そもそも都市の周りは自然ばかりなのに、どうしてわざわざ都市部に――貴重な壁内側の土地を無駄にするような公園なんか作ったのか？』ということだ。

この事情については、前に案内してくれたディアが張りきって教えてくれた。

ユーゼリア王国がまだ辺境伯領であった頃、元々この公園がある場所には都市中の汚物が集まる処理施設があり、そこでは日々スライムたちが元気に食事……浄化を行っていた。

が、あるとき、スライムたちはスライム・スレイヤーの影響を受けてきれいに全滅する。

処理機能を失った施設に溜《た》まり続ける汚物。

人口密集地ともなれば、一日に排出される汚物の量は相当なもの。

人々のささやかな対策など数日で追いつかなくなり、あえなく都市には汚物が溢《あふ》れた。

不衛生の地獄と化す領都。

発生した疫病に倒れる者、悪臭のストレスにより正気を失う者など、当時は相当に混沌《こんとん》としたらしい。

で、恐ろしいのは、これが辺境伯領だけの話ではなく、世界中の大都市で起きたという事実である。

もちろん為政者たちは対処しようと頑張った。

が、ずっとスライムに頼りきっていたため、すぐの解決というわけにはいかなかったのだ。

このウィンディアでも、スライムを必要としない処理施設の着工に取りかかれたのは、元々の施設一帯が汚泥の沼——人外魔境と化してからであったらしい。

まあ新処理施設はなんとか完工まで漕《こ》ぎ着け、これによってそれ以上の事態悪化は免れる。

旧処理施設は放棄され、一帯は立ち入り禁止地区に指定。

そこからの経緯については、ディアも知らないようだったので不明だが、ともかく旧処理施設一帯は無駄に大きな自然公園となったのである。


そんなウィンディア自然公園は立派な大木が立ち並ぶ美林が大部分を占め、中央部には草原に囲まれた大きな湖がある。

その草原を『うひょー、うひょひょひょひょー』と走り回るのはペロで、俺は公園に点在する東屋《あずまや》でくつろぎながら、そんなアホ犬の様子をぼんやりと眺めていた。

「ふむ、この状況はなかなか優雅なんじゃないか……？」

悠々自適の気配がする。

今頃、シセリアたち遠征組が、公園のどこかにある訓練場で休日明けの鈍《なま》った体を叩《たた》き起こすための訓練が課されているかと思うと、なおさら悠々自適感が増してくる。

目を瞑《つぶ》ればイマジナリーニャンニャンのシャカも優雅にお昼寝だ。

「ふっ、やはりかなり悠々自適の方向に針が振れているようだな」

今度はディアとラウくんも連れてきて、ペロと一緒に駆け回る様子を眺めることにしよう。

きっとより優雅で、悠々自適に近づけるはずだ。

やがてペロは草原だけでなく、林にも突撃していくようになった。

小さな子犬が目の届かないところへ行ってしまうのは、普通なら心配するところ。しかし奴は普通ではないため、特に心配する必要はなかった。何かあれば自力で解決を——って、被害が出た場合は俺が責任をとるのだろうか？

いかん、奴から目を離してはいかん！

「ペロ！　おーい、ペロー！　……聞いちゃいねえか」

危機感から林に消えたペロを追う。

莫大《ばくだい》な堆肥を糧として立派に育った木々は、それぞれの間隔が広く取られているので視線は意外と通りやすい。けれども、ペロの姿を見つけることはできない。もうこの辺りにはいないようだ。

「まいったな、なんとなく雨が降りそうな感じがするから、もうそろそろ帰ったほうがいいんだが……」

雨くらい魔法でどうにでもなるが、問題はペロだ。

舗装もされていない土剥《む》きだしの道はすぐに泥道と化すわけで、これを見たやんちゃな子犬はどうなるか？

「大人しく抱えられているような奴じゃねえしな……」

愛くるしい姿であっても、奴はやるときはやる魔獣だ。

きっと俺の腕から飛び出し、泥道相手に野性を解放して暴虐の限りを尽くすことだろう。

結果として、奴の全身は返り血ならぬ返り泥でたいへんなことになるのだ。

「えーっと、こっちのほうに……」

気配を頼りに、さらに林の奥へ。

と――

「ん？　なんだあれ？」

妙なものを見つけた。

廃材とおぼしき木材で作られた……小屋？　四方に柱、屋根は木の板を何枚か置いただけという、みすぼらしい掘っ立て小屋ですら立派に見えるレベルのもの。

ちょっと頑張って作った子供の秘密基地とでも言えばいいのか。

事実、作り手とおぼしき子供がそこにしゃがみ込んでいるしな。

その子は見たところ十歳くらい。

浅緋《あさあけ》の髪は短く整えられており、着ているチュニックとズボンはずいぶん汚れているが、それでも仕立ての良さがわかるものだった。

「いい？　あなたはこれから私と一緒にここで暮らすのよ？」

「くぅ～ん……」

で、その子（どうやら少女）の前には首にツタを巻かれ、しょんぼりお座りしているペロの姿がある。

どういうことだよ。

ちょっと目を離した隙《すき》に何が起こったんだよ。

ペロは、やろうと思えば簡単に引きちぎれるツタを首に巻かれて大人しくしている。

このまま少女に飼われるつもりだろうか？

しかし乗り気ではないようだし……奴の考えがよくわからない。

ただ、このままペロを放置して帰ると、きっと宿屋で待ってる姉弟が残念がる。

それどころか怒る、あるいは泣くかもしれん。

「あー、お嬢ちゃん、その子犬は俺の従魔なんだ」

ペロに夢中になっていた少女は、話しかけたことでやっと俺に気づいたらしく、ちょっとびっくりしたようにこちらに顔を向け、萌黄《もえぎ》の瞳をぱちくりさせる。

「え？　あ、そうなの？　そっか……」

飼えないとわかって、少女はその可愛《かわい》らしい顔をしょんぼりと曇らせた。

マジでその気になってたんだなこれ。

「なあ、お嬢ちゃんはここで何をやってるんだ？　なんか、ペロと一緒にここで暮らすとか言っていたが……」

「ペロ？　ああそう、あなたはペロっていうのね」

少女はよしよしとペロを撫《な》で、それから立ち上がる。

「私はノラ。冒険者になるために、ここで野宿の訓練をしているところなの。まだ十一だから冒険者にはなれないけど、今のうちからできることをって思って」

「……」

無謀だ。

意気込みは認めるが無謀だ。

はたして、環境に適応できるからと魔獣ひしめく森に一人住み始めるのと、どちらが無謀かと尋ねられたら悩むが、ともかく無謀だ。

まずそもそも、冒険者になるために野宿の訓練というのが、わかるようでわからない。

遠出する場合は野宿もするだろうが、普通は宿屋とか民家で一宿一飯の恩を受けるとかだろうに。

もしかしてあれか、映画とかアニメとかマンガとか、何かに影響され、憧れて、そうなるために思いつきの意味不明な訓練とか修行を始めてしまうという、努力の方向性が間違っている子供特有のアレか？

思えば、俺も昔はアニメに触発され、水をかぶったら女の子になっちゃう呪いの泉を探しに自転車で隣町まで冒険に出かけたことが……。

……危ない、地獄の蓋《ふた》が開くところだった。

「あー、お嬢ちゃんは冒険者になりたいのか？」

見た目も健康状態も良い少女――ノラ。

そこはかとなく、良いところのお嬢さんという雰囲気がある。

「そうなの。なりたいの。でもお父さまには反対されているの。でもでもお母さまは賛成してくれていて、十一になったら訓練してくれるって言ってたの」

「ん？　じゃあそのお母さまがここで野宿しろって言ったのか？」

「そうじゃないの。お母さまはお出かけしていて、戻ってきたら訓練を始めましょうって言っていたの。私が十一になる頃に戻るって話だったのに、なかなか戻ってこないの。だから私は、先に訓練を始めることにしたの」

「なるほど……」

家出してきたのか、それとも親父《おやじ》さんに「そこまで言うなら一度家の外で過ごしてみろ！」とか言われてチャレンジしているのか……まあそんなところだろう。

うーん、これはあまり関わるべきではないかな？

でも、なんだか放っておけない感じのする娘だ。

それに『冒険者になる』と決意して行動を起こしたことには共感を覚える。なにしろ俺も『悠々自適な生活を実現する』と決意して行動を起こした者だからだ。

「そうかー、冒険者かー……」

冒険者になったばかりの俺が、冒険者の仕事についてあれこれレクチャーするのはさすがに無理だ。しかし、野外で生き抜く手段——特に魔獣が跋扈《ばっこ》する森での生き延び方については専門家である。

ならば、決意した者のよしみで、ちょっとくらい手ほどきをしてやってもいいのかもしれない。

いや、してやりたいというか、しとかないと不安になるというか。

なにしろ、公園で野宿することが冒険者になるための訓練だと思ってるお嬢さんだ。

その思いつき、当人は天啓のごとき閃《ひらめ》きだと捉えているかもしれないが、そういうのは往々にしてただの暴走なのである。

せめてそこは軌道修正してやりたいところ……。

「なあノラ、ペロを返してくれるなら、野宿のやり方とか冒険者になったとき役に立ちそうなことを教えてやってもいいぞ？」

「えっ、本当!?　——あ、もしかしてあなた冒険者なの？」

「一応は。まだ登録したてだが、この都市に来るまではずっと魔獣いっぱいな森で活動していたからな。ちょっと不本意だが、野外で過ごすのは得意なんだ」

「すごい……！」

そう、すごい。

悲しいことにすごいのだ。

「どうする？」

「教えてほしい！　あ、ちょっと待って……と、はい！」

ノラはペロの首に巻いたツタをほどいて解放した。

しかしながら、ペロはノラのそばに寄り添ったままだ。

なんだろう、俺にはわからないが、ノラからとても美味《おい》しそうな匂いでもするのだろうか？

「じゃ、契約成立ということだな」

「はい！　よろしくお願いします、先生！」

「先生て、そんな大げさなもんじゃないけど……」

やることはちょっとした技術指導。

臨時のインストラクターみたいなものだ。

「ひとまず、今日はこのあと雨が降りそうだから、教えるのはまた明日だ。昼過ぎくらいに来る。お前も今のうちに帰ったほうがいいぞ」

「あー……。うん、わかった」

こうして俺はサバイバル指導を条件にペロを回収し、ようやく帰路につくことができた。

＊＊＊

森ねこ亭に戻った俺は、散歩がてら公園でペロに運動をさせてきたことをディアに報告した。

さらにノラとの出会いも。

「ケインさんケインさん、わたしも教えてもらいたいです！　実はわたし、お父さんやお母さんから冒険者として活動できるようにって訓練を受けているんですよ！」

「それは――あー、そうか。ならノラと気が合うかもしれないな。明日は一緒に行ってみるか」

「はい！　行きます！」

ふう、危うく「それは宿屋がいよいよ危なくなったときのことを考えてのものか？」などと失言が飛び出すところだった。

「ならラウくんも誘うか……」

ディアとノラが訓練している間は、ペロと遊ばせるのがいいだろう。

そんなふうに明日の予定を考えていると――

「あ、ケインさん、雨が降ってきましたよ。危なかったですね」

「そうだな。危なかった」

泥の化身と化したペロが宿屋で大暴れする事態は免れた。

「さて、ノラは濡《ぬ》れる前に帰れたかな……」

なんとなく俺はノラのことを考え――

「帰った……か？」

ふと思い出したのは、帰るよう告げたときノラの返事がなんとなく歯切れが悪かったこと。

あれー？　まさか家に帰ったら親父さんに捕まってチャレンジ終了、冒険者断念なんて縛りがあったりしないよな?
いやまさか……でも……。
うーん……。
「しゃーない、行ってみるか」
どうせこのあとは予定もなく、部屋でのんびりするだけだ。
いなければいないでいい。
すべては俺の心の平穏のため。
家の鍵はちゃんと閉めてきたか、それが気になって戻るようなものである。

＊＊＊

公園へ戻ると決めた俺は、魔法で雨を弾《はじ》きながらてくてく移動。
やがて日が傾いてきた頃、公園に到着する。
そして——
「マジかー……」
お嬢ちゃんったら、いちゃったよ。
林の中になければ雨風を凌《しの》ぐことすら難しいポンコツ秘密基地。
ノラは体操座りで膝を抱え、顔を伏せうずくまっていた。

「うん……？」

声で俺の存在に気づき、ノラが顔を上げる。

きょとんとしている。

「あ、先生……。えっと……雨宿り、する？」

そうじゃない。

そういうことでなくて、あーもー。

ため息一つ。

これ完全に段ボール箱入りの子犬とか子猫を拾うやつだ。

「あのな、野宿はただ野外で夜を越せばいいって話じゃないからな？」

ノラを強引に引っぱり出し、ひょいっと小脇に抱える。

「おお!?」

「ん？　抱え方が雑か？」

「ううん、いい。よくこうやって抱えられてるから」

「そ、そうか……」

良いところのお嬢さんかと思ったが、普段から荷物扱いされているのだろうか？

だがそうなると、なんだか嬉《うれ》しそうなのがよくわからない。

「ひとつ確認するが、もしかして家に戻るのはまずいのか？」

「あー……うん」

「そうか。じゃあ、ひとまず俺の泊まっている宿屋へ行くぞ」

「え？　宿屋って？」

「家に戻るわけじゃないから、いいんじゃないか？」

「ふぇ？　——あ、そっか！」

ノラとしてはこの詭弁《きべん》をセーフと判断したようだ。

親御さんも、俺みたいな奴が現れて、ましてノラが懐《なつ》いてついていくなんて想定してなかったんだろうな。

「んじゃ、行くぞー」

「はーい！」

とっとと連れ帰って、まずは風呂へ放り込もう。

そう考えながら、なぜかうきうきしているノラを抱えて歩きだす。

と、その時——

「——ッ!?」

脅威が。

森でも感じなくなって久しい脅威の気配が忽然《こつぜん》と現れた。

咄嗟《とっさ》に視線を向け——目を剥く。

「なんだあれ……!?」

林の木々、そのうちの一本。

太い幹からぬっと現れたのは、有機的な曲線を持つ禍々《まがまが》しい全身鎧《よろい》を身につけた何者か。

もし戦隊モノの敵幹部として出てきたら「あ、これ殉職者が出るやつ」と勘ぐってしまうこと間違いなしだ。

瞬間移動でもしてきたのでなければ、奴は少し前にはこの辺りにいたことになる。

つまりそれは、森で魔獣と命がけの隠れんぼを二年も楽しんだ俺の感覚をすり抜ける隠形《おんぎょう》、そんなものを使える実力者——隠れんぼガチ勢ということだ。

さすがにこれ、隠れんぼのお誘いに現れたとかじゃないよな……？

第7話　閑古鳥が鳴きやむとき

「なあノラ、あの人とお知り合いだったりしない？」

「わかんない」

「そっかー、わかんないかー……」

まあお知り合いだったら、それはそれで面倒かもしれないが。

「さて、まいったね」

禍々《まがまが》しい全身鎧《よろい》の隠れんぼガチ勢は、その鎧の造形だけでなく、放つ気配もまた禍々しいものである。日が傾き、薄暗くなった林の中にあってなお陰る瘴気《しょうき》を揺蕩《たゆた》わせ、その威圧感は俺でも圧迫感を覚えるほど。これが隠れんぼガチ勢の『鬼』モードなのか。あんな『鬼』に捜し回られたら、小さい子なんか心に深刻な傷を負うぞ。

「ノラ、つらくないか？」

「大丈夫、抱えられるの得意だから」

「ん？」

あれ、話が通じていない……？

ノラはあの全身鎧から何も感じないのか？　それとも、あそこまでいくともうノラのような子供には感じられなくなるのだろうか？

ならまあ、小さい子と隠れんぼしても大丈夫か。

と——

「……」

そこで全身鎧はすっと腕を上げ、ノラを指し示す。

そして次に自分の足元を指差した。

「置いていけって？　——はんっ、お断りだ」

「……」

全身鎧はやれやれと首を振り——。

次の瞬間。

「——ッ!?」

来る、と意識したときにはすでに目の前。

振りかぶられた拳——いや、手のひら。

もしかして手加減？

だが——

「どっせい！」

バチコーンッ！　と、空いている手で払いのけたところ、ものすごい音がして、余波を喰《く》らった近くの木の幹がベコッ、メシャッとへコんだ。

これ、グーとかパーとか関係ねえだろ……。

「先生、すごい……！」

ノラに褒められた。

今のをすごいの一言で片付けられるお前もすごいぞ。

さて、現状俺は勝手にノラに関わっている部外者。

サバイバルの訓練をすると約束しただけの関係である。

しかし――。

もうノラを見捨てるわけにはいかないのだ。

もし見捨ててしまえば、俺はマスコミのごとき外道へと堕《お》ち、もはや悠々自適な生活の実現は叶《かな》わなくなる。

悠々自適とは魂の在り方。

引け目や悔いを残しては、辿《たど》り着くことのできない境地なのだ。

こうなると、もうあとは徹底抗戦しかないのだが……まずは体勢の立て直しをはかりたい。ノラを抱えて戦うのはなにかと不利。せめて背負う状態に移行したい。

くそっ、こんなことならペロを連れてくればよかった。

投げつけてやったのに。

きっと喜び勇んで全身鎧にじゃれつき、時間を稼いでくれたことだろう。

「ちっ、しゃーねー。――ノラ！　口を閉じていろよ！」

こうなったら強引に距離をとる。

「『空を自由に飛びたいな』ッ‼」

「――ッ⁉」

突然の大声、怯《ひる》む全身鎧。

瞬間、ゴッと突如発生した瞬間的な加速は、俺とノラを宙へと吹っ飛ばす。

その様子は、まるで遊園地にある逆バンジーのアトラクション、あるいは戦闘機から飛び出す射出座席。

これを飛行魔法――などと言うのは、あまりにもおこがましいことだろう。

なにしろこいつの効果は『飛ぶ』ではなく『発射』であり、制御なんて利きやしないとんでもないポンコツなのだ。

だからこそ、俺はこの魔法に『空を自由に飛びたいな』という由緒ある名前をつけた。

そこには『空を飛びたい』という俺の真摯《しんし》な願いと、上手《うま》くいかない現実の為体《ていたらく》に苛立《いらだ》ってのやけっぱちが込められている。

「おおおぉ――――ッ⁉」

口を閉じてろと言ったのに、ノラは絶叫マシンでも楽しむように大はしゃぎ。

根性が据わっているのか、のん気なのか。

ともかく、俺は抱えたノラごと林冠《りんかん》を突き抜けて空へ。

途端に降りそそぐようになった雨は適当に散らす。

一応、重ねて『空を自由に飛びたいな』を使用することで擬似的に空を飛ぶことも可能だが、この場は大人しく放物線を描ききって着地することにした。

で、その着地場所であるが——

「先生、湖に落ちちゃうよー！」

「大丈夫！」

やっと慌てだしたノラをなだめ、俺は湖の水面に着地。

雨により波紋だらけとなっていた水面は、着地の衝撃によって、ぼよよよんっ、と特大の波紋を生みだした。

「なにこれー！」

「はいはい、魔法魔法。それよりノラ、手伝うから、なんとかこう、俺にしがみつきながら背中へ移動するんだ。片手が塞《ふさ》がったままじゃやりにくい」

「ん、わかった！」

素直に従うノラを支えてやりながら、背中へ移動したところで『猫袋』から取り出した縄を使って固定する。

よし、これで多少激しく動いても大丈夫。

パーフェクトおんぶだ。

と、そこで全身鎧が林から姿を現し、湖の上に留《とど》まる俺たちを見つけると駆けだした。

草原を、さらに湖の水面までもを。

その途中、全身鎧は左の手のひらからずももももっと剣（やっぱり禍々しい）を引っぱり出し、そのまま俺に斬りかかってきた。

これを俺は左手で弾《はじ》く。

バギャーンッとえらい音がした。

「――ッ!?」

素手で剣を防がれたことに、全身鎧は動揺を見せる。

だが、俺の左手に傷ができていることに気づいたのか、すぐに連撃で押し切ろうとしてくる。

「先生、がんばってー！」

「ああ、頑張ってる……よ！」

正直、左手が痛い。けっこう痛い。

でもここで下手に剣だの盾だので対処しようとしても、扱った経験のない俺では、むしろ動きが悪くなるだけだ。

もっとも、そもそも剣とか盾なんて持ってないんだけどな。

だって、いらなかったから。

いつだって俺はステゴロのガチンコ勝負で魔獣へ挑み、傷つき、適応することで無理やりどうにかしてきた。

もうちょっと粘れば、きっとあの剣の鋭さにも適応するだろう。

とはいえ、ずっと防戦一方で斬られ続けるのは面白くない。

全身鎧の連撃はいつまでも続きそうだったので、俺は刻まれるのを覚悟で強引に右ストレートを繰り出す。

ドゴンッ――と。

それはカウンターというよりも相打ちであった。

俺と全身鎧、双方が相手の攻撃によって撥《は》ね飛ばされるように大きく後退する。

このぶつかり合った余波で、ずどーんと水柱が高々と噴き上がり、巻き込まれたお魚さんたちがぴちぴちと宙を舞う。

「あ、お魚が……！　ごめんね、驚かせちゃって！」

この状況で魚を気遣うノラ、心優しいと褒めておこう。

どうせなら、俺のぶんもいっぱい謝っといてくれ。

その間に、俺は回復魔法で傷を癒《いや》すから。

「『痛いの痛いの飛んでいけ』！」

傷に触れて意識を向け、ちゃんと名前を唱えないと発動しないという微妙に使い勝手の悪い回復魔法。

だが、効果のほうは抜群だ。

すぐに左腕に刻まれていた傷がにゅるんと剥《は》がれてまとまり、鳥へと変化する。大きさは鳩《はと》より二回りほど小振りで、体は血の赤。翼、尾、顔は黒く、太く大きなクチバシは鮮やかな黄色。

けっこう可愛《かわい》らしい鳥だ。

「チュピピピッ！」

誕生した赤い鳥はすぐに飛び立ち、俺の頭上をぐるっと一周してからどこかへと飛んでいく。

いったいどこへ行くんだろうな。

森で暮らしている間、それこそ群れができるほどあの赤い鳥を飛ばしてきたが、いまだどこへ行くのかはわからないままだ。

「よし、治った」

すみやかに治療を終えた俺は再び全身鎧へと意識を向ける。

が……なんだろう、奴は固まっていて、攻撃の気配が霧散してしまっていた。

「せ、先生、いまの、なに？」

「見たことないか？　回復魔法だ」

「えええぇ……。ち、ちがうよー？　回復魔法とちがう。あんな鳥が出てくる魔法じゃないよー？」

ノラの訴えには、全身鎧までもがうんうんと頷《うなず》いている。

「いやいや、回復魔法はなにも一つきりってわけじゃないだろ？　まあ確かに、使ってる俺自身、変わっていると思う。でもあれでちゃんと回復魔法なんだ。ほら、すっかり治っただろう？」

「治ったけど、治ってるけどー！」

ノラはなにやら納得がいかない様子。

仕方ない、まだ幼いからな。世の中には個人の納得などお構いなしの不条理が溢《あふ》れているものなのだ。大きくなったらわかる。

で、全身鎧なのだが……なぜか攻撃してこなくなった。

ノラをあきらめたのではなく、動きあぐねているらしい。

ここはこちらから攻める？

そう考えたときだ。

「こぉらぁ――ッ！　そこぉ――ッ！　なぁにやってんですかぁ――――ッ！」

畔《ほとり》から聞き覚えのある大声が。

ちらっと目を向けると、そこには数日前に別れたシセリアの姿があり、ほかにもちらほら、見覚えのある従騎士の面々がいた。

「ってケインさんじゃないですか!?　ケインさんですよねッ！　ちょっとぉ――ッ！　無視しないでくださぁ――――いッ！」

いや無視ではなくて、全身鎧から気をそらさないようにしているんだが……。

「――ッ」

と、そこで全身鎧が想定外の動きを見せた。

すたこら逃げだしたのである。

「はあ？」

追うか否《いな》か。

考えているうちに全身鎧は水面を駆け、林に飛び込んであっという間に姿を消してしまった。

「なんとかなったってことで、いいのか……？」

釈然としない。奴なら騎士団くらい蹴散らせそうなものだが……。

不特定多数に姿を見られるのを嫌がったのか？

ともかく、脅威はダッシュで去っていったので、俺は騒がしいシセリアの元へ向かった。

「よう、シセリア、元気そうだな」

「平然と水面歩いてきて『よう』って……相変わらず無茶苦茶ですね。まあひとまずそれは置いといて、ケインさん、いったい何をやっていたんですか？」

「襲われたんで応戦してた。きっかけは――」

と、俺は成り行きをシセリアをはじめとした従騎士の面々に話して聞かせる。

「なるほど。林の様子がおかしいということで、訓練を中断して調査することになったんですが……正解でしたね」

シセリアはそう言うと、全身鎧が走り去ったほうを見やる。

「ケインさんと戦えるほどの危険人物がこの王都に潜んでいたとは……。こんなのうちの副団長か、ルデラ様くらいしか対処できないんじゃ……」

「……ッ」

不意に、背負ったままのノラがぴくっと震える。

反応したのは副団長という言葉か、それともルデラ様か。

「ケインさん、どうします？　その……ノラちゃん？　あの邪悪な感じの鎧の人がその子を狙っているなら、うちで保護するのも良いと思うんですけど……」

「なるほど。ノラ、どうする？」

「先生といくー」

ぎゅっと俺の首にしがみつくノラを見て、シセリアは微笑《ほほえ》む。

「あはは、ケインさんが保護するなら、うちよりも安全かもしれませんね。ならそれでいいと思いますよ。父には私から伝えます。ケインさんのやることなら、父もとやかく言わないと思いますし」

「わかった。じゃあ隊長さんによろしく。俺は森ねこ亭って宿屋に泊まってるから。何かあればそこに来てくれ」

そうシセリアに伝え、ようやく俺は公園を後にすることができた。

＊＊＊

野良少女を保護しようとしたら、ひどい目に遭った……。

あの全身鎧、また現れるのだろうか？

まあ現れるのだろう。

となると、事が収まるまでは特別警戒態勢、宿屋周辺にも油断なく気を配るようにしないといけない。森であればそこら中に魔法の罠《わな》を仕掛けてやるのだが……さすがに無関係のご近所さんを吹っ飛ばすわけにはいかないため自重する。

宿屋に戻った俺は、まず風呂の準備をしてノラを放り込んだ。

「かわいいお風呂！　おもしろい！」

「よく温まれよー」

で、それから俺は宿屋一家に事情を説明し、危険が及ぶかもしれないことを詫《わ》び、何かあれば全力で対処すること、それからノラを泊まらせるので宿代を払うことを告げる。

しかし――

「いやいや、ケインくんからお金は貰《もら》えないよ」

「だったらどこから貰うんですかねぇ……！」

この人、本当に宿屋を『経営』する気はあるのか？

もしかすると、いずれ宿代を払うのにいらぬ難儀をすることになるのではないかと、俺は少し不安になった。

いや、もうすでに難儀しているのか……。

＊＊＊

宿屋『森ねこ亭』。

閑古鳥が『カッコォーッ！　カッコォォォォォンッ！』と断末魔をあげていたこの宿屋だが、つい先日、俺という宿泊客（宿代未払い）が一人増え、その翌日には謎の子犬が住みつき、さらにはノラという宿泊客（宿代未払い）が加わった。

宿泊客はいる。

なのに収入は驚きのゼロ！

この場合、閑古鳥は鳴くのか鳴かないのか、ちょっと気になるところである。

ここはまるで托卵《たくらん》をくらっているような状況だが、一家はにぎやかになったと喜んでいた。

もう夏あたりにはこの宿屋は潰《つぶ》れているんじゃないか？

俺は心配のあまり焦燥すら覚える始末。

まずはなんとか隙《すき》を見て宿代を払わねば……払わねば……。

などと考えていた昨夜のこと。

なんと、この森ねこ亭に真っ当な客が訪れた！

やったー！

この出来事には宿屋一家のみならずなぜか俺まで喜びを覚えることになり、ふと我に返って困惑したりもしたが……まあいい。

とにかくめでたいのだ。

よかった、本当によかった。

喜びをもって迎え入れられたお客は眼鏡をかけた美人のメイドさん。黒いワンピースに白のエプロンドレスを身につけているんだから、もう間違いなくメイドさんである。

年齢は元の俺くらい、三十前後といったところ。長い黒髪はお団子にして白い布で包み、黒いリボンをあしらっている。

で――

「エレザと申します。お仕えするに相応《ふさわ》しい主《あるじ》を探し求め、旅を続けている遍歴メイドです」

澄まし顔でメイドさんが言う。

なるほど……うん、そんなわけがねえな！

いくらファンタジー世界だからといっても、さすがに野良メイドなんてものがいるほどファンタジーではないはずだ。

つかこの気配……禍々しさこそ消え失《う》せているが、公園で襲いかかってきた全身鎧じゃねえか……！

さては全身鎧フォームでは警戒されると判断し、打って変わってのメイド姿で何食わぬ顔して宿に入り込む腹づもりか。

俺はそう警戒したが――

「あれー？　なんでー？」

ノラはエレザを見てきょとーんとしている。

あら、お知り合い？

もしかして、昨日まであの物騒な全身鎧フォームは見たことなかったのか？

困惑する俺をよそに、エレザはノラに近づいていく。

「おや、何か特別なものを感じさせるお嬢さんがいらっしゃる。ちょっとよろしいですか」

ひょいっと、エレザはごく自然な様子でノラを小脇に抱え、皆から離れるとそのままの状態でごにょごにょ密談を始める。

なるほど、ノラの抱えられ癖はこうやって形成されたのか……。

どうでもいい疑問が解決したぜ。

やがて、エレザはぱっとこちらを振り返って言う。

「お聞きください、わたくしはとうとうお仕えすべき主を見つけました。こちらのノラ様です」

「ノラです！　見つけられちゃったので、エレね……じゃなくて、エレザの主になりました！」

ぬけぬけと言い放つエレザと、その彼女に抱えられたままぬけぬけと宣言するノラ。

なんだこの茶番は、たまげたなぁ……。

でもあきれているのは俺だけで、宿屋一家は素直に『よかったねー』と喜んじゃってる。

案外、みんな大物なのかもしれない。

「あー……まあいいや。で、その、エレザさん？　ノラを主人としてどうするわけ？　これから」

「ふふ、エレザでけっこうですよ。ノラ様にお仕えするメイドとなったからには、当然ノラ様と一緒に過ごします。あ、ご主人、この宿で一番良い部屋はどのようなお部屋でしょうか？」

「一番良い部屋かい？　となると四人部屋ってことになっちゃうけど……」

「ではその部屋をお願いします。ノラ様と一緒に泊まりますので」

にっこりと微笑むエレザ。

「な――――ッ!?」

一方、主人のグラウは四人部屋の借り手が現れたことに衝撃を受けてよろめき、奥さんに支えられている。

もし部屋が全部埋まったら、この人びっくりして死んじゃうんじゃないの？

まあそんなグラウはともかく、どうやらエレザはノラを連れ戻しに来た、というわけではないようだ。

面倒を見ていたであろうメイドが一緒ならノラも安心だろうし、何よりこの宿にちゃんと宿代を払ってくれる者が現れたのは僥倖《ぎょうこう》以外のなにものでもない。

あー、宿屋一家はお祝いだとはしゃぎ始めてるな……。

釈然としないところもあるが、ひとまず俺は黙って受け入れることにした。

＊＊＊

昨夜遅くまで降り続いた雨はやみ、すっきりとした青空には太陽がほほーいと昇り始めている、そんな朝。

宿屋一家は建物のチェック、お掃除、朝食の準備と、朝のお仕事。

それに混じってノラもディアと一緒にお仕事をしている。

なんでノラが働いているのか疑問を感じるが……楽しそうなので、まあよしとしよう。

ラウくんもちょっとずつ薪《まき》を運ぶお仕事をしており、一緒に行動しているペロは小さな薪を咥《くわ》えて運んでいる。戸の縁に薪がつっかえてひっくり返り、『攻撃を受けた！』とばかりにシュタッと身構えるのはご愛嬌《あいきょう》だろうか。

そんな中、客のようでまだ客ではない俺も心苦しさからちょっとだけお手伝いをする。

やることは主に森ねこ亭で使う生活用水の補充、大きな水瓶《みずがめ》やコック付きの樽《たる》に魔法で作った新鮮な水を溜《た》めるのだ。

でもって、ちゃんと宿代を払って泊まっているエレザもどういうわけかお手伝いをしてしまっている。

メイドだからという理由なのだが……。

客とはいったい……うごごご。

なんだかこの宿屋に来てから、客というものについて考えることが増えたような気がする。

困惑する俺をよそに準備は進み、やがて朝食となる。

みんなで囲む食堂の大きなテーブルはにぎやかだ。

「ケインさんケインさん、今日は冒険者になるための訓練をしてくれるんですか？」

「ああ、そのつもりだが……」

ディアに尋ねられて考える。

昨日の段階では、お昼になったら公園へ向かい、そこでノラと一緒にサバイバルのやり方を教えることになっていた。

だがこうして森ねこ亭に集まっているのなら、まずここでやれることから取り組めばよいのではないだろうか？

「うーん、どうしようかな……。ひとまず二人がどれくらいのことをできるか確認したいから、お昼までは読み書きとかの確認で、お昼からは公園へ行ってどれくらい動けるかの確認をしようか」

思いつきではあるが、まず午前中は基礎学力を、そして昼食をとったあとは運動能力の確認をすることにした。

＊＊＊

朝食後、そのまま食堂で基礎学力の確認を始める。

だがそのためにはテスト用紙を用意せねばならず、俺は魔法で創造した紙に黙々と問題を書き込んでいた。

待たせているノラとディアだが、歳《とし》が近いこともあるのか、すっかり打ち解けており、今も楽しげにお喋《しゃべ》りをしている。

そんな二人をにこやかに見守るのがエレザで、ラウくんはペロを丹念にもふもふするのに忙しそうだった。

「お父さんとお母さんはもともと冒険者だったの。宿屋が暇なときは訓練を受けたりしてるの」

宿屋が暇なときって……もしやそれは、世間的に猛特訓と呼ばれるものではないのか？

「へー、じゃあディアちゃんは先輩なのね」

「先輩……？　えへへ……。あ、でもノラお姉ちゃんのほうが先に冒険者になるから、そうなるとノラお姉ちゃんが先輩になるよ」

二人の様子はなんだか微笑ましく、しばらくこのまま会話させておきたい気もする。

とはいえ、二人は訓練に意欲的なので、ここでいきなり授業内容をレクリエーションに変更するわけにもいかなかった。

「これでよし、と。あー、待たせたな。じゃあまず、基礎的な学力の確認として、簡単な読み書きと計算を二人にやってもらおう」

自分の名前、ちょっとした文章、それから誰が広めたんだかアラビア数字による足し算と引き算、この程度のものである。

いくら人生を冒険しちゃう冒険者であろうと、ある程度の学――せめてこのテスト内容くらいは身につけておいてほしいと思う。

サバイバルだって馬鹿にはできないからな。

しかしそんな心配は杞憂《きゆう》で、二人は最初の課題をすんなり突破した。

考えてみれば、ノラはおそらく良いとこのお嬢さんだろうし、ディアは両親から学ぶ時間がたっぷりあったのだ。

「うわー、ノラお姉ちゃん字がきれい！」

「そう？　ありがと」

それでも学びの『質』については、やはりノラのほうがずいぶん上というのはなんとなくわかる。

「ふむ、読み書きについては本を読むのと……日記を書かせるようにすれば上達していくかな。本は貰ったものがあるから、日記だけ用意するか」

文章に触れる機会を増やしてやれば、読み書きは自然と上達していくだろう。

またこのほかにも、日記を書くためその日にあった出来事を思い返すのは頭の体操になって記憶力の発達が見込め、自分の行動を客観視して把握することは計画性の向上に繋《つな》がる。

まったく、日記は良いことずくめだ。

いざ書いてみるとクソ面倒というデメリットに目を瞑《つぶ》れば、だけど。

そして計算だが――

「ぐぬぬぬ……」

ディアが変顔になってつらい現実（追加された二桁のかけ算）と戦っている。

一方、ノラはかけ算、わり算ともに大丈夫で、小数もなんとかなったが、これが分数となると『なに言ってんだコイツ』って顔になった。

これは……そうだな、一桁のかけ算を足し算による力業で解決していたディアは九九の表をひたすら朗読させ、ノラには分数とはなんなのかの説明からだな。

「……ラウくん、ここ、わかる……？」

「……27、38――１０２６……」

「こらこらお姉ちゃん、子犬をこねるのに忙しい弟に解かせようとするんじゃない。ラウくんも何食わぬ顔で適当な――ん？　えっと……８１０の、２１６で……１０２６――あれぇ!?」

正解しているだと……!?

もしや……ラウくんには暗算の才能が？

やはり、自分の年齢を示すための、親指を曲げた手のひらは四歳ではなく六歳を意味していたのだろうか。

興味が湧いた俺は、ノラとディアの基礎学力確認作業と並行してラウ君の暗算能力の確認を始めた。

が、しかしこれ、俺が問題を拵《こしら》えた直後にラウくんが答えるため、正解なのかどうか確かめるために俺もそのまま問題を解くという、なんだか脳トレみたいなことになり、結果としてひたすら計算し続けることになった俺の脳はとても疲弊した。

「ラウくんすごーい！」

「すごいすごい」

全問正解だったラウくんはお姉ちゃん二人に頭を撫《な》でられ、まんざらでもない表情でペロをこねこね。

一方の俺は、ぐったりしているところを「お疲れさまです」と微笑むエレザに労《ねぎら》われるのだった。

＊＊＊

昼食をとったあとは公園で運動能力の確認だ。

「ディアちゃん、公園まで競争！」

「えっ――あ、ノラお姉ちゃん待ってー！」

ノラとディアは意気揚々と宿屋を飛び出し、そんな二人をゴキゲンなペロが『うひょー！』と追いかける。それに遅れ、エレザが地面を滑るような早足でついていく。ちょっと怖い。

「ラウくん、お姉ちゃんたちめっちゃ元気に走ってっちゃったけど……走る？」

お出かけだからと、厚手の生地で仕立てられたパイロットキャップっぽい帽子をかぶったラウくん。

大人用なのか、ちょっとぶかぶかで顔が隠れ気味だ。

「……」

ラウくんは黙したままふるふると首を振り、そしてきゅっと俺の手を握ってきた。

「ゆっくり歩くか」

「……ん」

男なら、どんと構えてそぞろ歩き。

ラウくんの頷きには、そういった心構えが秘められている……ような気がした。

こうしてゆっくり公園に到着することになった俺たちは、まず先に来ているはずの先発隊を捜索する。

「集合場所を決める間もなかったからなぁ……」

「んー……？」

気配を探りながら散歩することしばらく。

湖畔の草原にて、ノラとディアがペロを追いかけ回したり、追いかけ回されたりしているのを見つけた。

「ま、まだ走ってんのか……」

元気があり余っているのか、それとも疲労を認識する感覚が機能していないという子供特有のアレか。

少し離れたところでは、エレザが二人と一匹を見守っていた。

「ん！」

ここでラウくんが俺の手を離し、お姉ちゃんたちのところへ突撃。

一緒に駆け回り始めた。

すっかり遊びに来たような状態になってしまっているが……まあいい、キャッキャと声をあげながら走り回るのもよい運動だし、体が弱ければあんなふうに遊ぶことはできないもの。これも一種の運動能力の確認だと考え、ひとまず満足するまで走り回らせることにした。

「で、ノラはどこのお嬢さまなんだ？」

エレザの隣に並び、俺はちょっとした世間話をもちかける。

ごく狭い世間の話になるが、一応でも俺は知っておいたほうがよいだろう。

しかし——

「さて、わたくしにはなんのことか」

微笑みながら首を傾《かし》げるエレザ。

俺も宿屋一家のように、細かいことは気にせず大らかに受け入れるとでも思っているのだろうか？

だとしたら、なかなかいい性格――いやまあ襲撃からの撤退、で、その日のうちにひょっこり現れるんだから、そりゃいい性格なのは間違いないのだが。

なんとなくの予想だが、エレザは野宿するノラを隠れて見守っていたのだろう。それは不測の事態に備えてであり、もしかするとノラを脅かして家へ帰らせるためであったのかもしれない。

で、そこにのこのこ現れたのが俺だ。

ノラは宿屋に来る気満々であったが、エレザからすればどこのゴブリンの骨とも知れない男がお嬢さまを連れていこうとしているわけだ。

そりゃあ阻止しようとするだろう。

だが密《ひそ》かに見守っている手前、そのまま出ていくわけにはいかない。このあたりは『自分一人きりで』みたいな、ノラと親父《おやじ》さんの取り決めがあったのではあるまいか。

そこでエレザが考えたのが、これまでノラにも秘密だった全身鎧モードで出ていって、俺を追っ払い、ついでにノラも家に帰らせるという作戦だ。

まあ、上手くはいかなかったが。

シセリアが現れて退《ひ》いた理由はよくわからないが、俺と騎士団が知り合いならそこまで悪質なゴブリンの骨ではないと判断した、そんなところだろう。

「思うんだが……あんたがノラを指導するのはダメなのか？」

「奥様との約束でそれはできないのです。怒ることはないと思いますが、変に拗《す》ねられても面倒くさいので」

「奥様ねぇ……。遍歴メイドって話はどこいったんだ？」

「さて、行方については存じておりませんので」

完全におちょくってきている。

ノラの関係者とバレバレなのは承知の上、実はあんまり隠す気もないけど自分の口から明言するのは一応避ける、といったスタンスか？

何か問題になったら『うっかり口が滑りました』とか言って誤魔化《ごまか》すつもりなのだろう。

とんでもねえメイドである。

ノラのご両親はちゃんと雇用する前に面接とかしたのだろうか？

もしかしてどこぞの宿屋一家のように、来る者拒まずで受け入れちゃった……？

「なら俺が指導するのはいいのか？」

「どうでしょう？」

「曖昧なのかよ……」

結局、エレザとの世間話で得られたものはなく、そうこうしているうちにぜーはーぜーはーと息を切らしながら、おちびーズがこちらに集まってきた。

ペロだけはまだ元気だな。

「よーし、じゃあ休みながら聞け。元気なのはよくわかったから、次にちょっと二人で試合をしてもらうことにした。で、二人は扱える武器とかある？」

「私は剣！」

元気よく答えたのはノラ。

一方、ディアは思い出すような仕草で言う。

「わたしは……えっと、ちょっとずつ色々です」

「ちょっとずつ色々……？」

「短剣、剣、槍《やり》、斧《おの》、鎚《つち》、弓と……」

「そ、そうか……」

あの夫妻はディアをバトルマスターにでもするつもりか？

「あー、ディアは色々扱えるようだが、今日のところはノラに合わせて剣を使うことにしよう。ちょっと待ってな」

俺は『猫袋』から森で見つけたやたら軽い木を取り出し、ちゃっちゃと加工して小振りの木剣を二本拵える。

「よし、これを使え。軽いから当たってもそんな痛くないぞ。ほれ」

ぽこぽこ、とノラの頭を叩《たた》いてから木剣を渡す。

叩かれたノラは痛がるよりも不思議がっていた。

「痛くない……。軽い……。なにこれ？」

「俺がいた森にはこういう不思議な木があるんだよ」

「へー、面白そう」

面白い……か？

うっかりすると地獄みたいなところに迷い込む森だが。

「でもケインさん、こんなに軽い武器で訓練になるんですか？」

ぽこぽこと、ディアが渡された木剣で自分の額を叩きながらもっともな質問をしてくる。

「これは訓練っていうより確認だな。まあまずは戦ってみてくれ」

そろそろ呼吸も落ち着いてきたようなので、さっそく試合をするよう促すと二人はそれぞれ剣を構えて向かい合った。

「では、始めー」

合図により、二人は戦いを開始する。

ディアが両親から訓練を受けていることは聞いたが、ノラも何かしらの指導はされているのか、闇雲《やみくも》に突撃するようなことはなく、相手との間合いを見計らいながら、攻撃する隙を探し、時には牽制《けんせい》して、自分の状況を有利にしようとしている。

なんとなく始まった試合だが、二人は真面目、一生懸命に戦っている。

「えーい！」

「やー！」

頑張っている。

「とー！」

「たー！」

しかしながら、やはりまだ十歳かそこらの少女。

繰り広げられるのはスポーツチャンバラ、子供の部。

これではノロイさますら倒せまい。

「どうですか、お二人は？」

どうしようか考えていると、エレザが何か期待をするような表情で尋ねてきた。

「なんか俺がどんな評価を下すか楽しみにしているようだけど、生憎《あいにく》と武器の扱いについてはド素人なんでね」

「おや、先ほどは確認と仰《おっしゃ》いましたが……？」

「ああ、確認はしたよ。二人をどんな状況でも生き延びられるようにするには、やっぱり魔法を覚えさせるのが手っとり早い」

たとえ二人がちゃんとした武器を手にしていたとしても、突如としてガチムチの剛賢猿《ごうけんざる》なんかが現れ、頭をゴチンゴチーンとされたらそこでおしまいなのだ。

ならばその運命を覆すには？

これはもう魔法しかないだろう。

なにしろ、俺も魔法で九死に一生を得、さらには二年間にわたるサバイバルを生き延びたのだから。

「魔法を……覚えさせる？」

「ああ、まずは水からだな」

そう方針を決めたところで、服をちょいちょいと引っぱられた。

見やると、そこにはなにやら物欲しげな顔をしたラウくん。

「ん？　あ、お姉ちゃんたちと同じようなのが欲しい？」

「うん……」

こくこくとラウくんが頷くので、俺はさらに小振りな剣を作ってあげた。

「ん……！」

手にした木剣を掲げ、ラウくんは誇らしげだ。

「よし、せっかくだからラウくんも戦ってみるか」

俺はまだ駆け回っていたペロを呼び、ラウくんの正面に配置。

「……？」

ラウくんはペロと戦うのかと、ちょっと戸惑っている。

だが一方のペロはやる気。シュタッ、シュタッ、と身構えからの身構えを繰り返して意気込みをアピールしている。

「心配しなくても大丈夫、こう見えてこいつ強いから」

「わん！」

その通りだ、と応じるように吠《ほ》えるペロ。

というわけで、ラウくんとペロの試合開始だ。

ファイッ！

「むぅ！」

ラウくん、まずは果敢に攻撃を仕掛ける。

が、ペロはこれをひらりと回避。

振り下ろした剣は空を切り、そのままぽこんと地面を叩く。

その隙にペロはラウくんの足元へ。すばしっこく、ぐるぐると駆け回ってラウくんを翻弄《ほんろう》する。

足元をもふもふに押さえられたラウくんはバランスを崩し、ぼすん、と尻もち。

「――ふわっ」

「あおーん！」

ここぞとばかりに襲いかかるペロ。

と、ここで仰向《あおむ》けになった拍子にラウくんの後頭部が地面にごっつんこするが、そこは帽子をかぶっていたのでセーフ。

もしかすると、転んだ際に頭を打たないようにという親心から与えられた帽子なのかもしれない。

ちっちゃい子はよく転ぶからな。

で、ごっつんこを免れ助かったかに思われたラウくんだったが、実は助かってない。

ペロに乗っかられ、顔をめっちゃペロペロされているからである。

「んむぅぅぅ――――ッ！」

はしゃぐペロ、悶《もだ》えるラウくん。

勝負《YOU DIED》あり。

これでもかとペロペロしてるペロをどけると、ラウくんは巌《いわお》の如き不満顔で固まっていた。

「おお、勇者ラウくんよ、死んでしまうとは情けない」

舐《な》め回されたままではつらかろうと、『猫袋』から取り出した布を魔法で出したお湯で湿らせて拭いてやる。

が――

「あれ、蘇生失敗……？」

ラウくんはまだ険しい表情のまま仰向け状態。

うん、拗ねてるねこれ。

幼くても男の子、こんなちっこいもふもふに負けたのは納得いかないのか。

仕方ない、ここは新たな蘇生アイテムを使用するしかないと、俺は手のひらの上に飴玉《あめだま》を何個か創造する。

「はい、あーん。甘い飴だぞー」

「……！」

これにはラウくん、にっこり笑顔で復活した。

すると――

「はい！　はい！　ケインさん、はい！　わたしも欲しいです！」

「はーい！　せんせー！　私もー！」

いつの間にかこちらの様子を見守っていたディアとノラが騒ぎだす。

「はいはい、ディアとノラもね」

「ありがとうございます！　って、甘っ!?　この飴、甘っ!?」

「すごくおいしくて甘い……先生の飴すごい。ありがとー」

飴一つで騒がしくなった。

まあ元の世界の飴を再現したものだからか。

で――だ。

「…………」

エレザが微笑みを浮かべながら、じぃ～っと見つめてくる。

えっと……飴、いりますか？

第8話　事件はそもそも起きてない

ユーゼリア王家に生を受け、エルクレイドの名を与えられた余はやがて王位を継承し、それからは国王としてこの国の治世により一層の心血を注いできた。

順風満帆であった――とは言いがたいが、それでも六十四という、立派な年寄りになるまで国を傾けることなく治めてこられたことは慎《つつ》ましいながらも密《ひそ》かな誇りとなっており、叶《かな》うならばそれを胸に抱いたまま天寿を全うしたいと思っていた。

そう、思っ・て・い・たのだ。

この国を脅かす深刻な問題が明らかとなってきたのはここ二、三年のこと。

やっかいなのはこの問題が、いくら最善を尽くそうとそれを嘲笑《あざわら》うかのように何もかもを台無しにされる可能性を秘めていることだ。

魔獣たちの大暴走――その前兆とも言うべき大森林の異変。

ああ、どうしてご先祖様は、あんな危険な森のそばに王都――いや、当時は領都なのだが――を築いてしまったのだろうか。

『森が近いから冒険し放題ね！　山の上には竜が棲《す》んでるんでしょ！』

王族にもかかわらず冒険者になりたがっている孫娘は実に無邪気なことを言っていたのだが……

うん、そういう話ではない。

ただ、ふと考えもするのだ。

もし……もしである。

余が死出の旅路についたあと、あの世で件《くだん》のご先祖様に巡り会い、その実、孫娘と同じ感覚でこの場所に都を構えることに決めたなどと聞かされたその時は……そうだな、有無を言わさず殴りかかってやろう。

必ず、必ずだ。


その日、余は王宮内の庭園にてひとときの休息をとっていた。

余がくつろぐ石造りの立派な東屋《あずまや》の周囲には、身辺警護の騎士たち、それから給仕のためのメイドたちが物思いにふける余の邪魔にならぬようにと、物音一つ立てず静かに控えている。

余は用意された茶と菓子を視界に映しながら、頭の片隅にこびりついて離れない大森林の異変について考えていた。

被害こそまだ出ていないものの、だからといって看過してよい問題ではない。

しかしながら、本格的な対策をとるとなると、まずはユーゼリア騎士団による大規模な調査を行う必要がある。

ユーゼリア大森林を――あの強力な魔獣の跋扈《ばっこ》する魔境を調査する。しなければならない。言うのは容易《たやす》い。だが実際に行うとなると……。

「はあ……」

ため息ばかりがこぼれる。

まだ、若く活力に溢《あふ》れていた頃であれば問題に対する意気込みも違ったのだろうが……こうして老い、そろそろ退位を考えていた矢先に、というのが実に時期の悪い話だ。

こうなると、問題が片付くまで王位継承は凍結するしかない。

継承自体はまあすんなり執り行われるだろう。

第一王子にして王太子たるオルセイドなら、自分は補佐に向いていると王位を望まなかった第二王子のオルトナードに支えられつつ、もしかしたら余よりも良い治世をしてくれるかもしれない。

しかしそれは先の話で、国王が代替わりしたとなれば、継承が順調にいったとしてもしばしの間は統治に不安定さが生まれるもの。

そんな統治下で大森林の調査ばかりか大暴走の対策など、どうしても無理を押して行うことになるし、それでもし、いざ大暴走が発生したとなれば、いったいどれほどの混乱がこの国にもたらされることになるか。

さらに言えば、現在異変の調査をしているのはユーゼリア騎士団。

この団は王家の私兵であり、団長は王族——通例では王太子が務めることになっている、つまり現在の団長はオルセイドなのだ。

今この時期にオルセイドを王座に据え、さらなる政務を課すというのはいくらなんでも酷であり、よって、まだ安定している現状を維持するのが最善。それはつまり、この問題が解決するまで、余は王位から退くわけにはいかないということなのである。

「はあ……。しばらくはより健康に気をつけんとな……」

ここで余が倒れようものなら、この国は混乱の坩堝《るつぼ》と化す。

せめて大森林の異変が無事終息するまでは、滞りなく政務を執り行える程度に健康でいなくてはならなかった。

しかし、である。

「（最近は下《しも》のほうも近くなったからなぁ……）」

そうは思っても、どうにもならないのが老いというもの。

「（もっと早い時期に王位を退いておけばよかったか……）」

などと胸中で呟《つぶや》いた、その時だ。

ふわり――と庭園に竜が舞い降りた。

この東屋など、その尾のひと薙《な》ぎで倒壊させられそうな大きさの黒竜――いや、日の光に照らされた竜鱗《りゅうりん》が深い紫であることを踏まえるなら、黒紫竜とでも言うべきか。

「は？」

これが遠方よりの飛来を確認できていたのであれば、少しは心構えもできた。しかし竜は虚空から浮き上がるように忽然《こつぜん》と現れ、わずかな物音すらさせず東屋の前に降り立ったのである。

この突然の事態に、余は状況を理解しきれずただ間の抜けた声をあげることしかできなかったし、メイドたちはおろか警護の騎士たちですら唖然《あぜん》として立ちつくすばかりであった。

静かな庭園により一層の静寂。

竜がゆっくりとこちらに顔を向け、その宝石のごとき紫苑《しおん》の双眸《そうぼう》と目が合ったとき、やっと余の認識は追いついた。

瞬間——

「(あ——あっ、あぁぁ……)」

余の膀胱《ぼうこう》は静かに決壊。

それは人に備わる恒常性。竜を目の前にした恐怖を、放尿という快感で中和しようとした……のかもしれない。

その頃になると、固まっていた騎士たちも己《おの》が役目を思い出したようで戦闘態勢をとろうと動きだすが——

「やめよ！」

放尿のおかげか、すみやかに冷静さを取り戻していた余は、あわや竜を牽制《けんせい》してしまうところだった騎士たちを制止した。

お漏らししていても、精一杯の威厳ある表情をしてみせる。

だって王だもの。

「敵《かな》う相手ではないだろう。そも、危害を加えるつもりであったなら、もう我々は生きていない」

なるべく厳かに告げて騎士たちを下がらせる。

座したまま、毅然《きぜん》と対応する余を見て騎士やメイドたちはさすがとばかりに敬意のこもった目を向けてくる。

が、実のところは――

「（こ、腰が抜けてしもうた……）」

ただ立ち上がれないだけである。

ここは全力で下手《したて》に出るためにも、東屋を飛び出してその足元に馳《は》せ参じたいところなのだが……立てないものは立てない。

これはもう、なりふり構わず下がらせた騎士に頼むしかないか？

そう考えたとき、竜が口を開いた。

「我が名はシルヴェール。アロンダールの山に棲む竜である」

「アロンダールの……！」

それは我が国からすれば守護竜のような存在だ。

アロンダール山脈に棲まう竜たちは、ゴブリンやオークなどに代表される人魔がユーゼリア大森林に蔓延《はびこ》らぬよう目を光らせてくれている。

人魔は群れ、数を増やす厄介な魔物。

もし大森林に棲みついたとなれば、その特殊な環境のせいで外に棲むものどもよりも強くなり、やがては森から溢れ出てくることになる。

「まずは驚かせたことを謝罪しよう。すまない。……だが、なにも戯れで忍び訪問したわけではないのだ。これには訳があってな」

「は、はあ、訳が……」

「うむ。実は内密に頼みたいことがある」

「頼み……？」

「そうだ。二年ほど前のことだが、森に一人の人間が住みついた」

「んな!?」

愕然《がくぜん》とした。

まずい、アロンダール山脈の竜は森に人が住みつくことを快く思わない。

「つ、つまりその者を、処罰せよ……と？」

「いや、そうではない。そもそも、その人間は我が友だ」

「友ぉ……!?」

竜と人が友誼《ゆうぎ》を結ぶ。

物語でならばよくあることだが、実際はとなると希有《けう》である。

「昨日《さくじつ》、久しぶりにその友を訪ねた。だが訪れてみると、友の住処《すみか》は無残に破壊され、跡形もなくなっていたのだ」

「なんと!? では……魔獣に？」

「いや、魔獣の仕業ではない。おそらくは魔法。何者かの襲撃を受けたようだ。戦闘の形跡がないことから、友はすぐに退《ひ》いたと思われる。さぞ無念であったことだろうな。あれほど完成を喜んでいた住処を、あのように破壊されたのは……」

沈痛な面持ち——かどうかは、その竜の顔からは窺《うかが》い知ることができないものの、友人の住処が破壊されたことを、シルヴェール殿が自分のことのように悲しんでいることはその声音から判断できた。

どこの誰かは知らぬが、まったく恐ろしいことをしでかしてくれたものである。

「まあ、友は強い。おそらくは無事で、今は森のどこかに身を隠しているはずだ。いくら勧めても頑《かたく》なに森を出ようとしなかった頑固者だからな。いずれ姿を現すだろうし、住処もまた、より立派なものを建て直すことだろう。だが——」

と、シルヴェール殿は強い意志を込めて告げる。

「友の住処を破壊した者を、野放しにはしておけぬ。友が苦労を重ね、ようやく作り上げたあの家を跡形もなく消し去った者に、報いを受けさせねばならぬ」

その巨躯《きょく》から滲《にじ》み出す怒りにあてられ、哀れメイドたちはぱたぱたと倒れ、騎士たちですら恐怖に震えることしかできない。

ちなみに余はそろそろウンコを漏らしそうである。

「頼みというのは、お前たちにその不届き者を捜し出してもらいたいのだ。友の住処を目指すように森が破壊されてできていた道、その方角を辿《たど》ると、その先にはこの国の砦《とりで》があった。つい最近、騎士たちが活動していたようだが……」

「そ、それは、我が国の騎士たちが犯人であると……？」

「いや、騎士たちがやったとは思っていない。その程度の者たちであれば、襲撃を受けようと蹴散らして終わりだろう」

「で、では……？」

「騎士たちに確認をとってもらいたい。活動中、怪しい者を見かけなかったかどうか。そしてもし心当たりがある場合は、その調査を行い見つけ出してもらいたいのだ」

「あ、ああ、なるほど……」

そう納得した余であったが——

「(ん？　怪しい者……？)」

ふと、騎士団から上がってきた大森林への遠征兼調査の報告書に、特別報告として若い狩人についての記述があったことを思い出した。

本人は狩人というが、実際には卓越した魔導師であり、隊長であるファーベルの見解では使徒の可能性がある、という……。

「(確かその狩人は王都に来ているという話だったはず。もし本当に使徒で、さらにシルヴェール殿の捜している者であったら……王都で竜と使徒の戦いが……？)」

じっとりと嫌な汗が滲み出すのを余は感じた。

まずい。非常にまずい。竜もやばいが使徒もやばい。

頭に血が上っているシルヴェール殿に、今このことを知らせてしまうのは得策と思えず、ひとまず余は素知らぬ顔でやり過ごすことにした。

「本当であれば我《われ》が自身で捜し出したいところだが、やはり向き不向きというものがあるのでな。どうだろう、頼まれてはくれないか？」

「は、はい……」

無関係とも言えなくなった現状、もはやシルヴェール殿の頼みを断るなどあり得ず、余はあの世にいるご先祖様には問答無用で助走をつけての跳び蹴りを食らわせてやろうと固く固く誓った。

＊＊＊

オルセイド様オルセイド様と、慌ただしく俺の名を叫びながら現れた使いの者は、詳しい事情も説明せぬまま父上たるエルクレイド王の待つ王宮の庭園へ俺を急がせた。

「その場では語れぬような用件となると……なんだ？」

すぐ思い当たる事柄となると大森林の異変に関してだが、もしそうであればまずユーゼリア騎士団の団長たる俺の耳に入ってくる。

その俺にまったく心当たりがないとなれば、用件は大森林の異変に関わることではないのだろう。

「やれやれ、いったい何事なのやら」

明るい話題でないことだけは確か。

気後れを感じながらも庭園を訪れたところ、俺は悲壮な顔をした父上よりアロンダールの守護竜殿から『友を襲った何者かの捜索』を依頼されたと聞かされ、かつてないほど暗澹《あんたん》たる気分で天を仰ぐことになった。

「オルセイドよ、余が何故《なにゆえ》呼びつけたか理解できたか……？」

「……はっ、直ちに確認致します」

俺はすぐさま騎士団本部へ向かい、第五隊の隊長ファーベルと騎士アロックを呼びつけると事情を説明した。

「まったく、面倒な者を森から連れてきおって！」

ファーベルとアロックに悪気はなく、またその行いの誤りを問うのも酷であるが、それを理解していても悪態は口をついて出た。

二人は二人で『そんなこと言われても……』といった表情を見せているが、己の行いについては若干の責任を感じているようで反感を覚えている様子はない。

ともかく、喚《わめ》いていても事態は改善されないため、ひとまず俺は容疑者となった狩人――ケインについてより詳しい話を聞くことから始めることにした。

「怪しくはありましたが、悪い印象は受けませんでした。しかし、よくその言動を観察すると、すぐにその異質さに気づきました」

妙な点はいくつもあった、とアロックは語る。

狩人と言いつつその姿は散歩するような装いであり、また、無傷の狂乱鼬《きょうらんいたち》の価値を知らない。さらに収納の魔法を使えるほどの魔導師でありながら、それをなんでもないことのように振る舞う。

彼――ケインは自分がどれだけ『普通』から逸脱しているか、それすらもわからないほどに『世間知らず』だったのだ。

「その時、私はふと思い出したのです。使徒の話を」

使徒は自分の強さに無頓着なことが多く、さらに言えば世間知らずで、遭遇した者は『浮世離れした相手』という印象を受けるようだ。

また、使徒は基本的には温厚であると聞く。

が、往々にして人には理解できない謎の規範——例えば理想、理屈、理念、こだわり——を持っている場合が多く、これが原因となって大騒動や大混乱が引き起こされることになる。

もっとも有名なのは、今や御伽話《おとぎばなし》として語られる、二百年ほど昔の使徒——スライム・スレイヤーだろう。

世界中のスライムを殺し尽くそうとした男。

スライムは有益な存在であり、これを失うことは甚大な損失となるため世界中の国家が動くも、そんなものをものともせずに打ち破り、スライム絶滅までもうあと一歩というところまでいった狂気の権化だ。

幸い、最後にはスライム・ガーディアンという謎の存在により倒されたようだが、それですぐにスライムの数が元通りになるわけもなく、世界はしばらくの間、日々排出される汚物の対処に苦しむことになった。

このことから、世間ではスライム・スレイヤーによって発生した世界規模の戦いを『ウンコ大戦』などと呼んでいるのだが……。

俺はその『ウンコ大戦』の結果としてこの国が生まれたことを思うと、いつも悲しい気持ちで胸がいっぱいになる。

「もし本当に使徒であれば、守護竜殿とてうかつに手出しはしない……はずなのだがな。で、そのケインとやらをどう見る？」

人となりを尋ねると、ファーベルは「ふむ」と一つ唸《うな》ってから口を開いた。

「なるべく丁寧に応対したからかもしれませんが、守護竜様のご友人宅を吹き飛ばすような者には見えませんでしたね。娘だけでなく、砦にいた騎士たち、それから商会の者たちとも打ち解けていました」

ケインを歓迎しつつも警戒していたファーベルは『娘の恩人について詳しく知りたい』という体《てい》で砦の者たちに話を聞いて回ったらしい。

結果、誰もが彼に好意的であるということがわかり、なかにはシセリアの旦那にちょうどいいのでは、と勧めてくる者もちらほらいたため、ファーベルは『それもいいかもしれない』とわりと真面目に考えたりしたそうだ。

「狩りにはシセリアをまとわりつかせましたが、気分を害した様子もなく、むしろ親切にされたと喜んでいました。やはり基本的には温厚なようですね。まあ捻《ひね》た見方をすれば、我々になんの脅威も感じなかったということなのかもしれませんが」

「ふむ、残念なことにと言うべきか、砦での態度はなんの問題もなく、王都行きを阻止する理由は見つからなかったわけだな？　だが、冒険者ギルドではさっそく問題を起こし、続いて奴隷商でも問題を起こしたようだぞ？　まったくの善良とは言えまい」

「はい。意外な気もしますが、そのようです。とはいえ、それほど問題にもなっておらず、その場で大人しく弁償に応じていることから、悪辣《あくらつ》とも言えません」

「まあそうだな。冒険者ギルドでは当たり屋まがいの真似、奴隷商では自分の押し売り？　いやそもそも奴隷紋とは気合いでどうにかできるようなものだったか？　詐欺や押し売りよりも、そっちのほうが大問題なのだが……」

「使徒であるという説得力が増しますね。紋章が現れたら一発なのですが」

「さすがにその確認は無理だな」

使徒が激しく感情を高ぶらせると、その額に『猫の紋章』が浮かび上がるというのは有名な話だ。手っとり早いのは怒らせることだが……使徒を無駄に刺激するなどろくなことにはならないし、使徒でなかったとしても、相手は収納の魔法が使えるような魔導師、やはりろくでもない結果になるだろう。

「冒険者ギルドと奴隷商では問題を起こしたケインですが、一方で宿泊することになった宿の者たちには親切で、良好な関係を築いているようです」

「うーむ、どうも掴《つか》みどころがないな。気まぐれなような……。まあなんであれ、まずはケインが守護竜殿の捜す犯人であるか、その確認をとらねばなるまい」

「はい。では、娘を向かわせ、それとなく話を振らせて反応を見ることにしましょう」

「うん？　いや……いいのか？」

「気乗りはしませんが、今のところうちで一番親しい者となると娘しかいませんので。それに、騎士としては非才な娘ではありますが、悪運だけはあるので、おそらくなんとかなるでしょう」

「んー……」

若干、捨て駒にしているようではあるが、ケインの人となりを確認したファーベルだ、シセリアにただ無体を強いようとしているわけではないのだろう。

団から遠ざけるためか、それとも本当にケインとくっつくよう働きかけをしたいのか、どちらにしても事情を知らない者からすれば彼はさぞ娘に辛辣《しんらつ》な父親と映るに違いない。

「確かにシセリアはうちにいても騎士として大成しそうにはないが……あのなんともいえない無邪気さで団内がなごんでいたのも事実だ。実はな、見事騎士にまでなった暁には、姪《めい》の護衛兼遊び相手にしようとも考えていたのだぞ？」

冒険者になりたがっているやんちゃな姪、あれもまたなんともいえない無邪気さをもっている。

「あの忌々《いまいま》しいメイドもどきに比べれば、姪とシセリアの年齢差などあってないようなもの、きっと仲良くなれると思っていたのだ。あとは、ほら、弟も娘への接し方がお前のように捻くれているから、そのあたりで仲間意識でも生まれるのではないかとな」

ふっと思わず微笑《ほほえ》みがこぼれる。

重大な話し合いにおいても、話題にすればやや気分をなごませてくれるというのは、天から授かった一種の特性ではあるまいか。

しかし、当の父親であるファーベルは愛想笑いを浮かべるどころか、なにやら渋面《じゅうめん》となっていた。

「ん？　どうした？　やはりシセリアをケインに接触させるのは取りやめとするか？」

「あ、いえ、そうではなく……。じ、実は、ですね、その……ノヴェイラ様なのですが……」

「ん？　姪がどうかしたのか？」

「現在、ノヴェイラ様はケインに弟子入りして、同じ宿屋で暮らしています」

「はぁぁぁ!?」

予想外の情報が飛び出してきて思わず目を剥《む》いた。

今日はこんなのばかりだな。

「ちょっと待て、予想外すぎて頭がついていかん！　どうしてそんなことになっているのだ!?　エレザリスは何をしている!?」

「副団長はノヴェイラ様のメイドが本職だからと、宿屋で一緒に生活しています」

「あんのメイドもどき！　団の運営を全部俺に放り投げてろくに仕事もしないくせに、事態をややこしくするとはどういうことだ！」

「経緯については副団長から報告を受けているのですが……これはオルトナード様の家族の問題ということで、団長に報告するかどうかはオルトナード様が判断することだと……」

「あの弟がわざわざ報告してくるわけなかろうが！　言え、どういうことだ！」

「え、えっとですね……」

と、申し訳なさそうなファーベルの説明により、俺はどうして姪がケインの弟子になったのか、その経緯を知ることとなった。

「なるほど、巡り合わせか……」

「どうしますか？　オルトナード様に事情を説明して――」

「いや、弟に話をするのは無駄だ。王宮に戻らなければよいということならば、エレザリスに言ってどこかへ避難させる」

「ではまず副団長に事情を伝え、ノヴェイラ様をケインから遠ざけたところを見計らって娘を接触させるということで」

「うむ、おおよそはそれでいく。あとはいくつか状況を想定して作戦を詰めることにしよう」

それから俺はほかの隊長たちも集めて情報を共有し、作戦を練るとその実行を明日と定めた。

が、その翌日――事態は急変する。


『――王都に住む民たちよ、聞け、偉大なるエルクレイド国王陛下は人を捜しておられる！　アロンダール大森林の奥地に存在した家、それを無残に破壊した者を！　王はこの者を捕らえた勇者に、望むままの褒美をくださることだろう！』

もぐりの公示人たちによる、王都各所での情報流布がなされた。

なぜこのような事態が起きたのか、現段階では『他国の間者の暗躍があったのでは？』と推測するしかない。

もぐりの公示人たちに金を払い宣伝してもらうだけで、上手《うま》くいけばユーゼリアの首都を引っかき回せる――と。

要は――

「嫌がらせかッ！　ふざけやがってッ！」

流布された情報からして、知られた内容は守護竜殿からの依頼だ。それはつまり、情報を流した者はその場にいた者、警護の騎士かメイドか、それともその者たちから話を聞いた誰かか。

だが今は犯人捜しをしている場合ではない。

まさか噂《うわさ》を流した黒幕も、守護竜殿の捜している加害者が使徒かもしれないとは思わないだろう。

もし知っていたら、こんな軽率なことはしなかったに違いない。

いくらなんでもそのくらいの知能はあるはずだ。

「ファーベル！　ケインの様子はどうなっている!?」

「そ、それなのですが……特に変わりなく普段通りのようです」

「ん？　そうなのか？」

「はい。しかし噂に敏感な冒険者の中には、新参者であるケインに目をつけた者もいるようで、すでに仲間を集めて動きだしているようです」

「面倒な……。仕方ない、計画を急ぐ！　下手に干渉される前になんとかするのだ！」

第9話　ニャザトースの使徒

一攫千金《いっかくせんきん》はどうやったら実現するのだろう？

裏技ありであれば、見本の金貨が一枚あるだけで簡単に実現するものの、そういう『ズル』で実現した悠々自適の生活を心から楽しめるかとなると、俺は『否《いな》』と言わざるを得ない。

悠々自適な生活は俺の『理想』であり、それにケチがつくような手段は使いたくないのだ。

冒険者ギルドで高ランクにしてくれってお願いしたり、奴隷になってお金持ちの家でぬくぬくと暮らそうとしたことだって、なにもただ楽しようとだけ考えていたわけではなく、得たものに対する働きはするつもりだった。

お買い得だと思うんだけどなぁ……俺って。

ちょっと話は逸《そ》れたが、要は俺がとるべき行動が思いつかない現状に甘んじているということで、それはつまり、ただ暇を持てあましていると言い換えても差し支えなかった。

そこで俺は暇潰《ひまつぶ》しも兼ね、ノラとディアの教育に力を入れることにした。

指導二日目となる今日も午前中は宿でお勉強、午後からは公園で訓練だ。

俺が学生だった頃、授業なんざクソくらえでちっとも楽しくなかったのだが、ノラとディアは意欲的に学び、そして楽しんでいる。

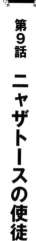

二人を見ていると、なんだか俺が間違っていたように思えてくるのだが……まあいい、それが明らかになったところで、もう何もかもが手遅れだ、気にするだけ無駄だろう。

お昼を食べてひと休みしたあと、訓練のためにみんなで公園へと向かった。

その道すがらで気になったのは、なんだかこちらを見張っている連中がいるという状況である。

俺に見張られるような心当たりはない。きっとディアやラウくんも無関係。ペロが希少な魔獣ということで、攫《さら》って売り払うためにつきまとっているという可能性も考えられるが、順当に考えればお目当てはやはりノラなのだろう。

それとなくエレザに目配せをしてみたが、にこっと微笑《ほほえ》まれるだけで済まされてしまった。

問題はない、ということか？

確かに敵意はないようだし、増員された護衛と考えればまあ納得もできる。

しかし、公園の草原に到着する頃には見張り（？）の数はどっと増え、身を隠しやすい林のほうにわんさか溜《た》まっていた。

いったいなんなんだ？

ちょっと離れたところには、体のあちこちに葉っぱが付いた木の枝を括《くく》りつけて伏せている、もはや冗談みたいな連中もいるし……。

せめてもうちょっと隠れることを頑張れよ。

おちょくってんのか？　ペロ投げつけんぞ！

「せんせー、今日はなにするのー？」

あまりに不甲斐《ふがい》ない隠れんぼ勢に若干のイラつきを覚えていたところ、ノラが尋ねてきた。

仕方ない、隠れんぼ勢は無視して気持ちを切り替え、今日の訓練についての説明をしていこう。

「今日やるのは、魔法を使えるようになるための訓練だ」

宣言して、まずは実演。

立てた人差し指の上に、ぽよん、と小さな水の球が出現する。

宿では水やら湯やらをざばばーと出しているので、まったくもって新鮮味はない。

「まず目指すのは、このただ水を出すだけの魔法だ。俺が初めて覚えた魔法でもある。簡単そうだけど、これがまた苦労したんだ」

ぽいっと水の球を口に放り込んで言う。

転移してきたあとしばらく飲まず食わずで、若干おかしくなりながらやっと身につけた魔法。俺の命を繋《つな》いだ思い入れのある魔法だ。

「俺が教えられるのは生き残るための技術だ。なので、まずは生きるために必要不可欠な水を、いつでもどこでも作り出せるこの魔法を覚えてもらう」

「い、いきなり魔法……！　ノラお姉ちゃん、できる？」

「できない。前に教えてもらったことがあるけど、できなかった。せんせー、水を出す魔法ってそんなすぐできるほど簡単じゃないよー？」

ノラが言うには、水を作り出す魔法は周囲の水分を集めてうんたらかんたら――らしい。

「いや俺そんなことしてないよ？　魔素をそのまま水に変えてるだけだから。分類としては、創造魔法っていうんだったかな？」

「創造……？」

「魔法……？」

ノラとディアは仲良くこてんと首を傾《かし》げる。

その一方で――

「そ、それはさすがに無茶な話かと……」

動揺したのはエレザだった。

「ケイン様、創造魔法は一般的な魔法を熟達して、ようやく手が届く魔法のはずです。魔導院の導師たちでも使える者がいるかどうか。それを、まだ初心者ですらない二人にやってみせろというのですか？」

エレザとしては、無茶振りすんなと言いたいのだろう。

「いや、俺はなんとかなったし、二人もできると思うぞ？　たぶん、できるかどうかは、疑いなく『できる』という感覚を身につけられるかどうかだ」

「その感覚さえ身につけられたら可能だと仰《おっしゃ》るのですか？　ノラ様やディアさんも？」

「可能だ。間違いなく可能だ。なにしろ……」

俺は手でおいでおいでをして皆を集め、小声で言う。

「……なにしろ、これについてはこの世界を創った神さまに聞いたんだから間違いない。ニャザトースといったかな？」

「「「は？」」」

と、声を揃《そろ》えたのはエレザ、ノラ、ディアの三人。

どういうことかよくわからなかったのかラウくんは首を傾げ、ペロもそれを真似て首を傾げる。

「魔法ってのはさ、実は誰でも使えるんだよ。必要なのは、どれだけ魔素に馴染《なじ》めるかどうかなんだ」

魔素とは世界創造に使われた力の残滓《ざんし》。

この星のどこかで発生しているものではなく、世界に満ち、満たしているものであり、それは人からすれば無限に等しい。

極端なことを言えば、魔法とはその残滓に働きかけ、小さな奇跡を起こす、世界創造の真似事なのだ。

「「「…………」」」

ノラとディアが魔法を習得するためには、こういった話も知っておく必要があると思い説明したのだが……なんだろう、女性陣三名は固まってしまった。

「ケ、ケイン様……貴方《あなた》は……その、本当に、神様に……？」

「ああ、会って話を聞いたぞ。詳しい内容はちょっと事情があって言えないし、それを証明しろとか言われても困るが……」

「ケ、ケインさん、神さまはどんな姿でした……!?　本当に猫ちゃんなんですか……!?」

「先生……！　どうやって神さまに会ったの……!?」

ここで固まっていたディアとノラも再起動がかかり、それぞれ質問をぶつけてきた。

「姿は白い猫だな。ちなみに雄で、喋《しゃべ》り方は可愛《かわい》げがなかった。どうして会えたかはよくわからないが、気づいたら真っ白な場所にいたんだよ。なんか別の世界からぶっ飛ばされたみたいでな」

「ケイン様は、そのニャザトース様の使徒様であらせられるのですね……」

エレザが額を押さえながら言う。

「使徒？　ああ、俺みたいに送り出された奴はそんなふうに呼ばれるらしいな。べつに何か役割があるわけでもないんだが……」

実態はただの移住者。

しかし、神に対面したことがあるということで、この世界の人々からすれば崇敬の対象になるらしい。

気づけば、ディアとノラがきらきらした目で俺を見ていた。

「ケインさん、握手してください！」

「あ！　先生、私も！」

「え!?　あ、ああ、うん、はいはい」

求められるまま、ディアとノラに握手する。

「あ、わたくしもお願いします」

「……………ん！」

これにエレザが続き、さらにラウくんも参加。

なんだこれ……？

もしかして、俺が使徒だと広まったら、こんなふうに握手を求める人々がわらわら集まるようになるのだろうか？

これは内緒にしておいたほうがいいな……。

結局訓練は、『湖の畔《ほとり》で俺と握手！』なんていう誰得なのかわからない珍イベントにすり替わって終了した。


「あのぉー……」

握手会終了後、おずおずとおっかなびっくりで話しかけてくる少女が一人。

遅れてきた握手希望者——ではないな。

「おお、シセリアじゃないか。今日もここで訓練か？」

「いえ、訓練は……えっと、もう終わってます、はい」

もう終わったとな？

ふむ、短期集中型の訓練なのか。

「みんな、彼女はユーゼリア騎士団で従騎士をやってるシセリアだ」

ひとまず皆にシセリアを紹介すると、今度は皆が自己紹介。

「こんにちは！　宿屋『森ねこ亭』のディアーナです！　後ろに隠れちゃったのが弟です！　……ラウくん、ほら」

「……ラウゼ」

シセリアが話しかけてきたところで、しゃっとディアの後ろに隠れたラウくんはそう名乗り、おずおずと親指を折った手のひらを見せる。

ああ、わかってる、六歳だな。

「わん！」

ラウくんのあと、近くにいたペロが一つ吠《ほ》える。

自己紹介のつもりだろうか？

それから――

「私はノラです！　冒険者見習いです！」

すでに会ったことのあるノラまで元気よく名乗り、最後にエレザがスカートの裾を軽く持ち上げるカーテシーでうやうやしく礼をした。

「エレザと申します。ノラ様のメイドをしております」

「あ、ああ、は、はい、メイドさんですね、あはは……」

「ん？　シセリア、なんかエレザを怖がって――ってエレザ？　なに唐突にノラを脇に抱えてんの？」

「ケイン様、こちらのことはお気になさらず。どうぞシセリアさんとのお喋りを楽しんでくださいませ」

「ませー！」

抱えられたノラはご機嫌だ。

もうこれ、抱えられるのに慣れているのではなく好きなんだろう。

「ま、まあいいや……。それでシセリア、どうしてここに？　休みとかじゃないんだよな？」

「ええ、そういうわけではないんです。実は、ちょっと面倒なことになってしまって、対応に追われているんです」

「もしかして、あの全身鎧《よろい》に関係することか？　だとしたらもう大丈夫だから――」

「あーっと、いえ、そっちではなく、また別件でして……」

「別件ときたか。騎士もたいへんだな。俺もなにかできることがあれば手伝うぞ？」

「えっ!?　えー、あー、ほ、ほんとに？」

「ああ」

「な、なら、いくつか質問させてもらっていいですか？　ケインさんは大森林の奥に家があったことって知ってます？」

「ん？　おお、知ってる知ってる」

「――――ッ!?」

知っているというか……元自宅なんだがな。

でもなんでシセリアが家のことを知っているんだろう？

あ、実は遠征中に誰かが跡地を発見して、その後に調査を行っていたとか？　なら最初に見つけた奴はびっくりしただろうな。森が途中から抉《えぐ》れ、道ができていて、その先が爆心地なんだから。

「じゃ、じゃあ、その家が壊されていたことは!?　なにか知っていませんか!?」

「知ってるもなにも、吹っ飛ばしたの俺だけど？」

「へ？」

シセリアがぽかーんとしたまま固まってしまう。

が、やがてぶるぶると震えだした。

「ケケ、ケ、ケインさん!?　ど、どうしてそんなことを!?」

「どうしてってそりゃあ――」

と、言いかけるが……言えないな。

これは言えない。言いたくない。

スローライフという名の過ちは、いまだ俺の心に暗い影を落としているのだ。

「腹が立ったから……かな」

「は、腹が立ったって、どうしてです!?　そこ、理由、もっと詳しく！　話してくれたら美味《おい》しいお菓子をあげますよ!?」

「あー、悪いがそれは言えない。つい喋ってしまったが、これに関しては語りたくないんだ。すまないがあきらめてくれ。ほら、美味しい飴《あめ》をあげるから」

「やった。あむっ。甘っ。――じゃなくて！」

あげた飴を口に放り込んだシセリアが、俺をがくがく揺さぶってくる。

はて、この娘は何をこんなに必死になっているのだろう？

森に家を建てて、腹が立って吹っ飛ばした、それだけの話だ。

森の管理者であるシルにも、事後承諾になったが好きに暮らしていいと許可を貰《もら》っていた。

家を建てるのも、吹き飛ばすのも自由だ。

そう怪訝《けげん》に思った――その時。

「話は聞かせてもらったぜ！」

突如、下品な声が割り込んでくる。

見れば、木の枝を使って隠れんぼしていた連中が起き上がり、そのみすぼらしい姿をしっかりと晒《さら》していた。

「怪しいと睨《にら》んでいたが、こうもあっさり認めるとはな！」

「へっへっへ、ほかの連中を出し抜いてやったぜ！」

みすぼらしい野郎三人組は何か言っているものの、俺にはなんのことかさっぱりだ。

「えっと……なんか用か？」

「おうよ！　詳しいことはわからんが、お前をとっ捕まえて王様のところへ連れていくとな、たっぷりとご褒美が貰えるのよ！」

「はあ？」

ますますわけがわからん。

だが……どうやら俺が狙われていることは理解できた。

「くっ、そんなに広まっているとは……」

と、そこでシセリアが忌々《いまいま》しげにうめく。

はは～ん、なるほどね。

「シセリア、さてはお前この話を知っていて確認に来たんだな？　でもって何食わぬ顔で俺を王様のところに連れていって、たっぷりとお小遣いを貰うつもりだったんだろう？」

シセリアの親父《おやじ》さんはシセリアに厳しそうだったからな、きっとお小遣いも少なくて、お菓子もちょっとしか買えず悲しい思いをしていたのだろう。

そこに降って湧いたこの話だ、飛びつくのも無理はない。

「い、いいいいえっ、そ、そんなことはないですにょ？」

「ははっ、こやつめ」

誤魔化《ごまか》しよるか。

おでこをツーンツーンしてやる。

「あう！　あう！」

シセリアが焦っているように見えるのは、きっと事実を知った俺が怒るとでも思っているからだろうが……べつに腹は立たない。

なぜなら、もし、シセリアを王様のところへ連れていけばたっぷりお小遣いを貰える――なんて話を聞けば、俺も同じことをしたに違いないからだ。

「なあシセリア、ふと思ったんだが、俺が自分から王様のところへ行けば、そのご褒美って俺にくれるのかな？」

「「「は？」」」

シセリアと野郎どもがきょとんとする。

はて？　そんなおかしなことを言っただろうか？

「そ、それは……貰えないんじゃないかなー、と……」

「えー、そうなの？　んー……じゃあさ、シセリアが連れてきたってことにして、あとで褒美を半分くれない？」

「ええっ!?　そ、それは……えっと……」

シセリアは視線をさまよわせ、やがてすがるようにエレザの元へ。

しかしエレザは満足げな顔のノラを小脇に抱え、空いた手でディアの手を引き、ディアはディアでラウくんの手を引いてトコトコと、この場から離れようとしているところだった。

ペロもちょこちょこそれについていく。

「うぐ、ぐぅ……。あ、あの、まずそもそも、王様からご褒美が貰えるってのは――」

「おおっと待ちな！　そいつは俺たちがとっ捕まえて連れていくことに決まってんだ！　嬢ちゃんはとっとと失《う》せな！」

「お前らが失せろや」

大事な話の邪魔すんな、と俺は水弾をぶっ放す。

たいした威力ではない。

例えるなら野球の試合。妻を寝取られた豪腕ピッチャーが、寝取ったバッターを合法的に殺害すべく渾身《こんしん》の力で頭めがけて放った火の玉ストレート、くらいのものである。

それが男の股間《こかん》に叩《たた》き込まれた。

ビッシャーンッ!!

「あ」

派手な音を立てて水の球が砕け散ったあと、男はため息まじりの切なげな声をあげ、辺りに舞った水しぶきが作り出すキラキラとした光に包まれるようにして静かに倒れ込んだ。

「ノラー、ディアー、見たかー？　水の球でも、勢いよく当ててやれば相手を一時的に動けなくすることもできるんだぞー！」

せっかくなので、俺は水魔法の有用性を解説。

一方――

「てっ、てめえ、なんてことしやがる！」

「やっていいことと悪いことの区別もつかねえのかぁ!?」

仲間を昇天させられた野郎二人は怒り狂い、猛然と俺に襲いかかってきた。

二人は明らかにカタギではない風貌をしており、さらに体のあちこちに葉っぱの付いた木の枝を括りつけているため、その怪しさ、不審者感はとどまるところを知らない。

日本だったらお年寄りに席を譲ろうと通報待ったなし。迷子の子供を交番まで連れていこうものなら、問答無用で現行犯逮捕だ。

そんな奴らが顔を怒りに歪《ゆが》ませ、先の水弾を警戒しているのだろう、両手で股間を押さえながらて突撃してくる。

端的に言って――ヤバイッ！

日本にいる頃の俺だったら名状しがたい恐怖に身がすくみ、為《な》されるがままにボコボコにされて有り金すべて巻き上げられていたに違いない。

だが、二年にわたるサバイバルは、俺という人間の精神を子猫からベンガルトラへと変貌させた。いまさら変態二人に襲いかかられようと、もはや危機感など覚えようはずもない。

そう、こうしてのんびりどうしようか考える余裕すらある。

ぶっちゃけ、あの二人をキュッと絞めるのは簡単だ。

しかしだからといって、魔獣相手の対処はさすがにまずいだろう。あいつらが魔獣ほど強いようには思えず、下手すると手加減してもうっかり息の根を止めてしまいかねない。

まあ、これが森の中であれば、さっさと母なる大地の懐に『いないいない』してしまったほうが手っとり早いが、今はダメだ。ノラやディア、そしてラウくんの教育にあまりにも――

「あ、そっか」

そうだ、教育だ。

あの二人は、ノラとディアに習得してもらおうと考えている水の魔法の有用性を証明するにはちょうどいい実験体になる。

最初の一人に続き、二人目、三人目と水の魔法でのしてやれば、これはもう疑いようもなく水の魔法が有用だと信じてくれるだろう。

というわけで――

「ごぼごぉぉ!?」

右の野郎のお口に水弾を叩き込む。

猛然とダッシュしてるとき、いきなり拳大の水が口に叩き込まれ、気管にお水がダイレクト入店したらどうなるか?

答えは簡単。

口から飛沫《しぶき》を噴き上げながらの大転倒である。

転ぶってのは、意外と体にダメージがあるものだ。骨が弱くなったお年寄りなんかは、もうそれだけで骨折しちゃうくらいに。

それがダッシュしていた慣性そのままに転倒ともなれば、すぐには起き上がれなくなるくらいのダメージとなる。

で、次に――

「……ごぼっ！　ごぼぼぼっ！　ごぼっ……！」

左の野郎は顔を水球――『イノシシ危機一髪』で覆ってやった。

野郎は必死になって水の球を手でむしろうとするが、俺がそうとどめているのだからまったくの無駄で、やがて跪《ひざまず》き、そして倒れてのたうち回る。

ひとまずここで水球は解除だ。

「死んでは……いないな。よしよし、上出来だ！」

上手《うま》く手加減できた。

ではさっそく、ノラとディアに今やったことを詳しく説明することにしよう。

と、思ったとき――

「「「うおぉぉぉ――――――ッ!!」」」

「な、なんだ!?」

鬨《とき》の声をあげ、林からいっせいに飛び出してくる謎の集団が。

隠れんぼ勢の本隊か？

「――いや、そうか！」

突然の事態にびっくりしたが、状況はすぐに飲み込めた。

そう、あの連中は先の三人と同じく、俺を王様のところへ連れていきご褒美をたっぷり貰おうと集まった、欲の皮の突っ張ったろくでなしどもなのだ。

「俺は行っても貰えないのに……！　ふざけやがって……！」

俺にもたっぷりご褒美が出るなら付き合うのもやぶさかではない。

ところが現実は非情、得をするのは俺を連れていった奴だけなのだ。

「貴様らの思い通りにはさせない！」

胸に灯《とも》る怒り。

おそらく、これは義憤と呼ばれるものだろう。

俺だけがのけ者にされているこの現実に対する、良心の怒りだ。

「お前たち、そこでよく見ていろよ！　これが水の魔法のすごさだ！」

俺はエレザによって早々に避難誘導されていたおちびーズに告げると、欲に塗《まみ》れた野郎どもを一掃するための魔法を使う。

「うおぉぉぉ――――ッ！」

俺の雄叫《おたけ》びに応え、俺のはるか頭上にもやもやとしたものが出現。

イメージではそこから水が噴き出して洪水を起こし、迫り来る野郎どもをきれいに押し流すはずだったのだが――

「せんせー、なにあれー！」

「うわー、おっきい猫ちゃん！」

ノラとディアがびっくりして声をあげた。

そう、水が噴き出すはずだった頭上のもやもやから、とてつもなく巨大な猫がひょこっと顔を覗《のぞ》かせたのだ。

「「なんじゃありゃぁぁ――――ッ!!」」

野郎どもが叫ぶ。

「なんだあれ!?」

俺も叫ぶ。

だってそんなのイメージしてないもの。

「ケケ、ケインさん!?　なんです!?　あの猫ちゃんはなんなんです!?」

シセリアが俺の腕をぐいぐい押して聞く。

だが――

「わからん！」

「わからん!?」

てめえマジかよ、という目で見られることになったが、ここで変な見栄《みえ》を張っても仕方ない。あきらめの境地だ。

いったい何が起こっている？

あの猫はいったいなんなんだ？

と、考えたとき、ふと、よくよく見れば、その猫に見覚えがあることに気づいた。

「……あれ？　あいつ、シャカじゃん」

そう、あの巨大な猫は俺の心に棲《す》むイマジナリーニャンニャンのシャカなのだ。

あいつ、なんで現実のほうに出てきちゃったの？

「（シャカー、ダメだよー、勝手にお外出てきちゃー）」

そう心の中で訴えかけたところ、シャカは大きく鳴く。

『にゃぉぉ――――ん！』

振動を感じるほどの大音声。

その様子、さながら映画のオープニングで「ガオー」と咆吼《ほうこう》をあげるライオンのような勇ましさであった。

そして、シャカはあんぐりと口を開く。

次の瞬間――。

ごばぁっ！

莫大《ばくだい》な量の水がシャカのお口から吐き出された。

それは巨大ダムが決壊を防ぐために行う緊急放流、あるいは大瀑布《だいばくふ》のようなもので、結果、公園の草原で鉄砲水が発生するという奇妙な事態を引き起こす。

「なんじゃこりゃぁぁ――――ッ!?」

「うおぉう!?　なんだあの猫ぉ!?」

「世界の終わりかぁ――――!?」

突如として出現した洪水は大人の腰ほどの水位になり、その勢いは慌てて反転して逃げだした野郎どもに追いつくほど速かった。

洪水に追いつかれた野郎どもは次々と足を取られ、そのまま流されていく。

これこそまさに俺がやろうとしたことであったが、いったいどうして間にシャカが挟まったのか、これはまったくの謎である。

まあともかく――

「「「ぎゃあぁぁぁ――――――ッ!!」」」

薄汚い根性の野郎どもが土で濁りまくった濁流にのまれ、林へと流されていく様子は圧巻の一言であり、胸のすく光景であり、憤っていた俺の良心もすっかり満足する。

どうせならと、まだ隠れている連中もまとめて流してやるべく、もうしばしシャカには放流してもらうことにした。

隠れている連中をきれいに一掃したところで、シャカは放水をやめてお口の周りをぺろんと舐《な》め、それからほわんほわんと消えていった。

おそらくは俺の心の中へ帰ったのだろう。

うん、どうなっちまったんだろうな、俺の心は……。

「あちゃー、これ皆も巻き込まれたんじゃ……。ケインさーん、いくらなんでも無茶苦茶すぎますよー」

シセリアに苦言を呈される。

すまぬ、すまぬ、俺も予想外――ではないな。結果的にはやろうとしていたことなんだから。

まあともかく――

「ノラ、ディア、どうだ、水を出す魔法も上達すればこんなことができるようになるんだぞ！　すごいだろう！」

「おー！　せんせー、私、頑張る！」

「はわわ、わ、わたしもがんばります！」

想定外もあったが、水の魔法への興味は惹《ひ》けたようだ。

うむうむ、ちゃんと指導してやらねば。

「……！」

でもって、ラウくんは興奮しているのかぴょんぴょん跳ねている。

たぶん気に入ってくれたのだろう。

「さて、シセリア、邪魔者も片付いたし話を戻そう。王様から貰えるご褒美を山分けする算段だ」

「えっ!?　この状況で話を戻しちゃうんですか!?」

第10話　野良少女の恩返し

なぜかシセリアが驚いている。

はて？

大事な話の邪魔をする連中をきれいに一掃した。

だから中断させられた話を再開する。

「何もおかしなことじゃないだろう？」

「ケインさん、私には何もかもおかしいように思えます……」

「むう、まあおかしいと思うならもうそれでかまわない。それより、俺が出向いても本当に王様はご褒美をくれないのか？」

「え、えっと、まあ、その通りです。いえそもそも、ケインさんを連れていっても陛下からご褒美は貰《もら》えないんですよ」

「なんだって!?」

ご褒美が貰えない？

そんな馬鹿な！

「ど、どど、どういうことだ!?　さっきの連中はご褒美が貰えるからこそ俺をとっ捕まえようと集まったんだろう!?」

「みんな騙《だま》されていたんですよ。今、王都のあちこちで公示人がそういう嘘《うそ》を広めていて、集まった人たちはそれをすっかり信じちゃった人たちだったんです」

「騙されて……だと？　シセリア、その嘘をまき散らす公示人とやらはもちろん罪に問われ、死刑になるんだよな？」

「ええっ!?　いやっ、そんなことにはなりませんよ!?　公示人は依頼された内容を広めるのがお仕事なんですから！」

「だが嘘をばらまいて人々を騙しているんだぞ!?」

「いや確かにそうですけども……。ケインさんはそんなに公示人を死刑にしたいんですか？」

「べつに死刑にしたいわけではないんだが……。どうも嘘をばらまいて無辜《むこ》の人々を騙すというのが、な。そうか、あのゴロツキどもは、その公示人とやらにまんまと踊らされた哀れな犠牲者たちだったのか……」

こんなの、アレが健康にいい、コレが病気に効くと、視聴者を謀《たばか》るテレビの煽《あお》り番組みたいなものじゃないか！

俺に襲いかかってきた連中は、煽り番組に騙されてスーパーに突撃、不必要に爆買いしてしまい、やがて我に返って茫然《ぼうぜん》とする人たちと同じだったのだ。

「シセリア、冷静に考えてみたが、やはり公示人がなんの罪にも問われないのはおかしいと思う。これはもう俺が殺《や》るしか……」

「はい待ったー！　ケインさんちょーっと待ちましょう！　公示人は必要なんです！　今回は問題

もありましたが、普段は王都の人たちに色々な情報を伝えてくれる大事なお仕事をしてる人たちなんです！　なので『この世からすべての公示人を消し去ってやろう』とか、そういうのはやめてあげてください！　お願いですからぁー！」

すがりつくシセリアはなぜか必死だ。

「いいですか、悪いのは公示人に嘘をばらまくよう指示した奴です！　こいつは騎士団も捜査中ですから、もし見つけたらいたぶっちゃっても結構です！　なので公示人は見逃してあげましょう！　ね？　ね？」

シセリアはやけに公示人を庇《かば》う。

なんだろう、公示人に憧れでもあるのか？

考えてみれば、元の世界でも望んで邪悪なマスコミ業界に進む連中がいるわけで、シセリアが公示人に誤った憧れを抱いていてもおかしくはないのか。

「まあ公示人についてはひとまず保留にすることにして——」

「ほ、保留……。果物をくれた優しいケインさんはどこへ……」

「いったいぜんたい、どうして俺を王様のところに連れていけばご褒美が貰えるなんて話が出てきたんだ？」

「あー……っと、それなんですが……何もケインさんを名指しだったわけじゃないんです」

「うん……？」

「えっとですね、正確には大森林の奥にあった家を破壊した者を、って話だったんですよ」

「それ俺じゃん」

「いやまあそうなんですけど、ケインさんがその家を破壊した当人だとは誰にもわからなかったんです。ただ、この話が広まる少し前にケインさんが王都に現れて、ほら、冒険者ギルドで騒動を起こしたじゃないですか」

「騒動……？」

「いやどうしてそこで首を傾《かし》げるんです!?　壁をぶち破ったじゃないですか！」

「ああ！　うん、ちょっと騒動を起こしたな」

「訪れてすぐ壁をぶち破っちゃうのをちょっとと表現していいものかどうか悩ましいところではありますが、ともかくそれでケインさんは目立っちゃったわけです。で、その話が冒険者の皆さんに広まったところに今回の話ですよ。大森林から来た新参者。もしかしたら『あいつ』じゃないか、って連想されてしまったんです」

「はて、冒険者ギルドには、俺が森から来たことは話してなかったが？」

「たぶんそのあたりの話はうちが出どころです。今はこんな事態になりましたが、それまではべつに秘匿するような情報でもなかったことですから、遠征でこんな奴に出会った、って話が広まったんだと思います」

「そんな、人に話すほどのことか……？」

「現れたその日のうちに浴場を作ってくれたり、森で魔獣を狩りまくるような人は噂《うわさ》になりますって……」

なるほど、それで冒険者にも情報が伝わったのか。

「冒険者は噂話が大好きですからね。ほんの数日でもその『狩人』とケインさんを結びつけるには充分な時間です。それで今回の話ですよ。褒美に目が眩《くら》んだ冒険者があんなに集まっちゃったんです。ただ確証はないので、最初は様子を窺《うかが》うだけだったんですよ。ケインさんが思いっきり喋《しゃべ》っちゃうまでは」

「シセリアが聞くから」

「まさかあんなあっさりと喋るとは思わなかったので……」

「べつに隠すことでもないだろ？」

「でもケインさん、どうして破壊したか言いたくないんですよね？」

「む、むぅ……」

言いたくない。

スローライフというマスコミの嘘から目が覚めて、ついブチキレて自宅を吹き飛ばしてしまったなど、言えるものではない。

「まあ俺が狙われた経緯はわかったよ。だが肝心の、話の発端についてはさっぱりだ」

「そ、それについては……えっと……」

と、シセリアはちらちらとエレザを見やる。

しかしエレザはノラに話をしていて気づく様子はなかった。

「もしかしてノラやエレザもなにか関係があるのか？」

「え!?　いえ、ノヴ——ラちゃんは、関係ありません！」

「エレザは？」

「副団ちょ——ちょ、ちょぃーん！」

シセリアは奇声をあげて謎のポーズをとった。

これで変身するなり爆発するなりしていればよかったのだろうが——

「シセリア、いくらなんでもそれで誤魔化《ごまか》そうとするのは無理だと思うぞ……」

「ううぅ……」

「エレザはシセリアのとこの副団長なのか？」

「はいぃ……」

「じゃあ、前の襲撃はなんか示し合わせとかしてたのか？」

「へ？　——あっ、いや、そういうわけではないです。あの時は本当にヤベえ不審者だと思ってたんですよ。戻って父に報告したときにあれが副団長だって……て？　あれ？　どうしてケインさんがそのことを知ってるんです？　副団長から聞いたんですか？」

「いや、気配でなんとなくわかった」

「気配って……」

シセリアから妙なものを見る目を向けられる。

ちょっと心外だ。

俺としては、相手を『気』で判断できるみたいでけっこう気に入っているのに。

「しかしシセリアんとこの副団長か……。メイドとかえらい嘘ついてやがったな」

「いえ、嘘ではありません」

と、そこでおちびーズを連れたエレザがしずしずと戻ってくる。

「騎士団は副職にすぎません。本職はノラ様のメイドですので」

「そ、そうなのか……」

「はい。それから、ノラ様がケイン様と知り合ったのはまったくの偶然であり、そこにはなんの思惑もありません。それはどうか信じていただきたく……」

「ああ、それは疑ってない」

ノラに関しては俺のお節介が始まりだからな。

「せんせー、せんせー」

と、そこでノラにくいっくいっと上着の裾を引かれる。

「うん？　どうした？」

「先生は私を信じてくれるー？」

「へ？」

めずらしく神妙な顔で尋ねてきたノラ。

それは『連れてって、連れてって』と道端の段ボール箱から訴えてくる子犬や子猫のような顔で、よくわからないからと無下《むげ》にしてよい表情ではなかった。

とはいえ、だ。

いきなりそんなこと言われても、正直なところ困る。

困る……が、ここは大人の余裕を見せるべきところだろう。

「んー、わかった。なんだかわからんが信じようじゃないか」

本当になんだかわからんが。

「せんせーありがとー！」

ノラはぱぁーっと嬉《うれ》しそうな顔。

「えっと、じゃあ、これから一緒にお城へ行こ、行こ」

ノラが俺の手を取り、ぐいぐい引っぱる。

と、そこでディアが言う。

「ノラお姉ちゃん、わたしもついていっていい？」

「ディアちゃんは……どうだろ？」

「よいのではないですか？」

困ったノラに告げたのはエレザ。

「じゃあ一緒に行こう！」

「やったー！」

ディアは喜び、空いていた俺の手を取ってぐいぐい引っぱる。

こうして少女二人に牽引《けんいん》されることになった俺の後ろを、ラウくんの手を引いてエレザがついてくる。

さらにその後ろには、ペロを抱えたシセリアがなんともいえない困り顔で大人しくついてきた。

「ではケイン様、道すがら、現在どのような事態になっているかご説明いたします」

「ああ、そりゃありがたいな」

エレザの説明によると、つい先日、この国の王様のところにシルヴェールと名乗る竜が現れ、大森林の奥にあった家を破壊した奴を捜し出してほしいと依頼をしたそうな。

……えっと……どういうこと？

シルが俺を捜しているのはわかるが、どうしてまたそんな回りくどいこと……ん？

あ！　シルからしたら、俺が自宅を吹っ飛ばすなんて予想できないか！

つか俺が森から出てるってのも想定外のはずだ。

あの頃の俺はまだスローライフという呪いがガンギマリになっていたから、『たまには外の世界を見てきたらどうだ？』というあいつの勧めを頑《かたく》なに断っていた。

あちゃー……。

まいったなこれ、シルは誰かが俺の家を吹っ飛ばしたと勘違いしてるのか。

まあそりゃあれだけ苦労して作り上げた家を、ついカッとなって木《こ》っ端微塵《ぱみじん》にするとか想像もせんわな、普通。

俺が状況を把握し、やべえやべえと内心つぶやくなか、エレザはさらにノラが王様の前で俺を弁護して、事態を穏便に収めるつもりであることを説明した。

「私、頑張るから。頑張ってお祖父《じい》さまを説得するから」

「お、おう。……おう？　お祖父さま？」

さらっと言ったが、それってつまり――

「ノラは王様の孫ってこと？」

「そうなの。第二王子のお父さまの娘で、ちゃんとした名前はノヴェイラっていうの」

なるほど、いいところのお嬢さんだとは思っていたが、この国のお姫さまときたか。

え？　お姫さまが野宿の特訓していたの？

「ノラお姉ちゃん、お姫さまだったの……？　じゃあ……」

俺が『野宿の特訓をする姫』について考え始めたところ、ディアがしょんぼりした声で言った。

仲良くなったお姉ちゃんが、雲の上の貴人であることに戸惑いを――

「じゃあ、これからはノラお姉さまって呼ばないといけないかな!?」

どうやらあんまり気にしてはいないようだ。

そうか、ノラは『ノラお姉ちゃん』から『ノラお姉さま』にランクアップするのか……。

いや、そういうこっちゃないのでは？

「ううん、ディアちゃんはノラお姉ちゃんのままでいいよ！」

「ノラお姉ちゃん！」

「ディアちゃん！」

俺をぐいぐい引っぱり続けていた二人は手を離し、そのままひしっと抱きしめ合った。

仲良しだね。もしかすると、二人はそれぞれお互いが初めての友達なのかもしれない。

ノラは身分的に（もしかしたら性格的にも）これまで仲の良い友達ができなかったのかもしれず、またディアは宿屋の仕事（それはただ地面を掘って埋めるためだけの穴掘りのごとし）があり、宿屋が暇（暇とはいったい……）なときは冒険者になるための訓練をしていたのだから、友達を作って遊ぶようなこともできなかったのではあるまいか。

ひとしきり抱きしめ合い、そのあと手を繋《つな》いで歩きだした二人のあとを追いつつ、俺はこそっとエレザに尋ねる。

「……なあエレザ、ノラってなんで冒険者なんぞを目指してるんだ……？」

「……ごもっともな質問ですね……」

エレザは苦笑すると、ここははぐらかすことなく答えてくれる。

「……ノラ様のお母上――ルデラ様は元王金級の冒険者です。ケイン様はご存知ないかもしれませんが、国内のみならず周辺諸国にもその名が知られた有名人なのですよ……」

「……それはつまり、母親の影響ってことか。憧れて……？」

「……まさに。幼少の頃より、ノラ様はルデラ様ご本人からその冒険譚《たん》を聞かされて育ちました。憧れるのは自然なことかと……」

「……なるほどなぁ。その王金級ってのが、どれほどのものかはわからないが、それを目指すとなるとノラはたいへんだな……」

「……単純な強さであれば、わたくしを基準に考えていただければ……」

「……ん？」

「……わたくしも、元王金級の冒険者ですので……」

「……ん!?」

そりゃ確かに強いな。

で、もしノラが王金級の冒険者を目指しているなら、エレザくらいには強くならないといけないわけか。

「……なあ、もしかしてノラの親父《おやじ》さんって、ノラが無謀なことに挑戦しようとしてるからあきらめさせようとしてるんじゃないか？」

「それはあるでしょうね」

「……そっかー」

これからノラがどれくらい伸びるのか。

魔法を習得すれば、なんとかなるか？

「あ、そういやノラって王宮に戻ったらまずいんじゃなかったっけか……？」

「まずいですね。無茶を言って飛び出したので、ここでお戻りになると、少なくとも奥様がお帰りになるまでは王宮で過ごすことになると思われます」

「この騒動を収めるためってことで、特例扱いにはならないのか……？」

「そこはノラ様のお父上――オルトナード様次第ですね」

「ノラはこのこと忘れてる……？」

「いえ、覚悟の上です」

「おおう……」

ノラは俺を救おうと行動を起こしたのか。

のほほんとしているのに、なかなかの心意気。

はたして、俺は知り合ったばかりの奴のために、悠々自適な生活をあきらめることができるだろうか？

うむむ……まあ騒動はなんとかなるだろう。

シルにゴメンナサイだ。

たぶんそれで許してくれる……かな？

許してくれると信じよう。

で、問題はその次、ノラに冒険者になるための訓練を続けさせるよう働きかけることだが……どうしたものか。

ひとまず素直にお願いしてみて、ダメなら何か方法を考えなければならない。

第11話 青空審判——あるいは壮大な痴話喧嘩

王宮に到着すると、まず衛兵や使用人たちがすっ飛んできた。

対応はエレザが請け負い、王宮に留《とど》まっているシルに会わせたい者を連れてきたことを端的に伝える。

この結果、俺たちはしばしの待機を経て王様のところへご案内されることになった。

てっきり俺は謁見《えっけん》の間みたいな立派な場所へ連れていかれるのだと思っていたが、実際に通されたのはこの王宮にある広々とした西洋的な庭園だった。

石や樹木の持つありのままの美しさ——いわゆる『侘《わ》び寂《さ》び』を表現する日本的な庭園とは違う、自然を幾何学形状に配することで人工的な美しさを実現した庭園だ。

「すごーい、きれーい！」

普通なら訪れる機会などない庭園に感激したのはディア。

隣りにいるノラはちょっと得意げである。

そしてお姉ちゃんが喜ぶ一方で、ラウくんは知らない人ばかりということもあって、残念ながら景観を楽しむ余裕などなく、ディアの背にひしっとしがみついていた。

それは微笑《ほほえ》ましい光景であったが——

「空はこんなに青いのになぁ……」

俺の心はやや曇り。

シャカが「鬱陶《うっとう》しい」とばかりににゃごにゃご騒ぐ始末。

そんな俺たちから少し距離を置いた先に、騎士たちが集まって陣を築いている。

陣の中央には立派な椅子が置かれ、そこには白髪頭に王冠を載せた王様（たぶん）がいた。

見事な金糸装飾を施した黒地の衣を纏《まと》う姿は立派なものであるが……その表情は憔悴《しょうすい》しており、明るい緑の瞳には覇気がない。

そんな王様の右側には、立派な服を身につけた男性が二人。

どちらも金髪の緑眼だが、一方はがっちりとした体格で動的な印象を受けるのに対し、もう一方は細身であり静的な印象を受ける。

で、左側にはよく知る女性がぽかーんと間抜け面《づら》を晒《さら》していた。

「えっ、あれっ⁉　会わせたい者ってケイン⁉　あれぇっ⁉　なんでぇ⁉」

ぽかん顔をしていた女性――シルが取り乱す。

そのせいで、厳かな感じでスタンバイしていた王様陣営までが『え？　え？　あれ？』と動揺し始めた。

たぶんこのあとの段取りとかあったんだろうけど、シルがぶち壊しにしてしまったようだ。

そしてそれを窘《たしな》める者はこの場にはいない、と。

「お前っ、どうして森から出てきているんだ⁉」

ああ、その疑問はもっともだ。

シルほど、俺が頑《かたく》なに森から出ようとしなかったことを知る者はいない。

「お、思うところが……あったもんで……」

「思うところって……。私はてっきり森のどこかに隠れているとばかり……。まあ無事ならそれでいい。いや、むしろ話が早いか。お前の住処《すみか》を破壊したのはどんな奴だったんだ？」

「そ、それなんだが……」

言いにくい……。

とても言いにくいが……ここは正直に話すしかない。

「実は……家を吹っ飛ばしたの、俺なんだよね」

「は？」

シルがまたぽかん顔になる。

「俺……なんだよね……」

「い、いや、待て、ちょっと待て。考えさせろ」

なにも考えるほどの話ではないが、シルは俯《うつむ》いて眉間をもみもみ。

やがて――

「お前が破壊した？　自分の家を？　跡形もなく？　あんな一生懸命作っていたのに？　なんで？」

ひどく平坦《へいたん》な声でもってシルは尋ねてきた。

あー、これは怒ってますねー。

いや、正確には怒る一歩手前か。

もう怒ってもいいんだけど、一応ちゃんと事実確認だけしておこうという、冷静さがまだ残っている状態だ。

「つ、つい、カッとなりまして、気づいたら……」

「家が吹き飛んでいた、と」

「はい」

「………………」

そしてシルは沈黙し、場は静寂に支配される。

誰も何も言わない。

だが不穏なものをひしひしと感じているのだろう、王様やその周囲を固める騎士たちは引きつった顔でぷるぷる震えていた。

ああ、この静寂はいつまで続く？

なんかもう永遠に続いてくれてもいいような気がしてきた。

ニャンは天にましまし、すべて世は事もなし。

そして——

「あ」

とシルが言った。

「あ？」

なんだろう、と俺は応えた。

次の瞬間——

「アァアホかあぁぁぁぁぁぁぁぁぁぁぁぁぁぁぁぁぁぁぁぁぁッ!!」

怒声？

いやもうなんかこれ咆吼《ほうこう》だわ。

「「「「「「「のわぁぁぁぁ!?」」」」」」」

シルの感情の爆発に周囲の魔素が引っぱられたのだろう、突如としてちょっとした衝撃波が発生し、近くにいた王様とか騎士とか、集まっていた連中がコントみたいに薙《な》ぎ倒された。

一方——

「ふわっ！」

「ひやぁー！　——あ」

「……むぎゅー！」

「きゃいん！」

俺たちのほうはとなると、エレザやシセリアは平気だったものの、おちびーズに被害が出た。

ぼすんと尻もちをつくノラ、ディアは倒れた拍子にしがみついていたラウくんを下敷きにし、ペロはころころ転がる始末。

まあこんな被害が出ているものの、あのブチキレ具合でこの程度に抑えているシルはさすがである。

未熟な俺なんか家を木《こ》っ端微塵《ぱみじん》にしちゃったからね。

「自分で家を吹き飛ばしただと⁉　ついカッとなって⁉　そんなのわかるか！　ふざけるな！　真面目に心配していた私が馬鹿みたいではないか！」

怒鳴りながら、シルはずんずんこちらにやってくる。

「ケイン様、ご武運を……！」

「が、頑張ってくださいね……！」

これはヤバい、と判断したらしく、エレザはノラとディアを、シセリアはペロとラウくんを抱っこして後方へ避難。

と、そこでシルが俺の前に立つ。

おおっと、睨《にら》んでくる目力がすごいですよ……！

「ゴ、ゴゴ、ゴメンナサイ……！」

俺は直ちに全面降伏。

がしかし――

「ただ謝ったところで許せるか馬鹿者め！」

シルは許してくれなかった。

「お前はいつもそうだ！　わけがわからん！　いつもわけがわからん！　家を吹き飛ばしたのもわけがわからんが、それより森から出てきているのがもっとわからん！　お前はずっと森で暮らすと言っていたではないか！　どれだけ勧めようと頑なに！　にもかかわらず、ぬけぬけと森から出ているのはどういうことだ⁉」

「そ、それにつきましては、ちょっと説明できかねるわけで……」

「なぜできん！　それにあれ、スローライフ？　あれだけこだわっていたスローライフはどうしたんだ!?」

「ぐふっ！」

人から聞く『スローライフ』という言葉の破壊力よ……！

咄嗟《とっさ》に俺は叫ぶ。

「や、やめてくれ……！　俺の前でスローライフなどと口にしてくれるな……！」

「んおぉっ!?」

これにシルはびっくり仰天。

怒りよりも困惑が勝った。

「お、お、おおっ!?　お前、本当にどうした!?　家を吹き飛ばすわスローライフも——いや、逆か、スローライフに何か思うところがあって、それで家を吹き飛ばして森を出たのか！」

うおっ、なんか名推理された。

ほぼ正解とか……怖い！

探偵に公開処刑くらう犯人は、きっとこんな恐怖を味わっていたのだろう。

「あんなにスローライフスローライフと輝かせていた目をそんなに濁らせてしまって……よほどのことがあったのだな」

俺の脱スローライフはそれほど意外であったらしく、シルはひとまず怒鳴りつけるのをやめてくれた。

まあ、まだ怒りは収まっていないようだけども。

「よし、ケイン、そこへ直れ。正座だ」

「うぐ……」

逆らえず、俺は大人しく正座する。

かつてはシルに正座させて説教した俺が、今度はシルに正座させられて説教されることになるとは……！

「で、さっそく説教をしたいところだが……まずは聞こう。ケイン、いったい何があったんだ？　その内容次第では、溜飲《りゅういん》を下げることもやぶさかではないぞ」

俺を見下ろすシルの声音が若干優しくなる。

でも、何があったのかを言うのはちょっと……。

どうしたものかと困っていると、シルはさらに言う。

「つい怒鳴り散らしてしまったが、思えばお前の行動については私がとやかく言うことではないからな。しかし――だ、そう理解しても腹立たしいものは腹立たしい。なあケイン、これはなぜだと思う？　どうして私がこれほど腹を立てることになったか、お前にわかるか？」

「え、えっと……」

あー、これ、選択をミスるとダメなやつだ。

考えろ、考えるんだ。

……。

ああ、そうか！

「い、家と一緒にせっかく贈ってくれた家具とかも吹き飛ばしちゃった……から？」

「違うわ馬鹿者が！　そんなものどうでもいい！　私が怒っているのは、お前が私になにも伝えずに森を出たからだ！　どういうことだ、それなりに親しくなったと思っていたのは私だけだったのか!?」

あ……あー、そうか、考えてみりゃ不義理だわな。

「で、でも冷静になれたのは――」

「お前が！　置き手紙の一つでも残しておけば！　私が無駄な心配をすることも！　この国を騒がせることも！　こうしてお前が怒鳴られることもなかった！　そうだろう!?」

「はい、まったくもって仰《おっしゃ》る通りです、はい……」

「まあ、お前がすべてを捨て、森を出る決意をするほどのことがあったのだ。私に伝えることを失念していたというのも、無理からぬことなのかもしれない。……さすがに私をも捨てるつもりだったというわけではないのだろう？」

「そ、それはもちろん。そのうち連絡しないとなーと思ってはいたんだよ？　ホントだよ？」

「そうか。安心した。――さて、そうなるとだ。私としてはやむを得ぬ事情によって森を飛び出したお前を許してやりたいと思うわけで、そのためにはやはりその『事情』を聞きたいわけだ。まあおそらくはしょうもない理由なのだろうが、そもそもお前はそんな奴だから、それについてはとやかく言わん。ちゃんと正直に話しさえすれば」

「うぐ……」

この提案はシルの温情なのだろう。

だが、俺にとってこの提案は、己の過ちを白日のもとにさらすという耐えがたい苦痛をともなうものであった。

だってこんな人前で、マスコミに騙《だま》されて二年も死に物狂いのサバイバルをしていたことに気づいた、なんて告白するんだよ？

こんなの、幼い頃の過ち——空想の限りを書きとめた黒歴史のノートを人前で朗読させられるようなもの。

そんなの愧死《きし》だよ？

恥ずか死にしちゃうよ？

シルは知らずのうちに、俺にセルフ公開処刑を迫っている。

そして俺は状況が公開処刑になっていることを、シルに伝えることができない。そんなのヒントを与えるようなものだ。しかしだからと黙り続けていてはシルがキレるし、嘘《うそ》で誤魔化《ごまか》そうとしてもたぶん見抜かれてシルはキレる。

なんてこった、これはいよいよ追い詰められた。

これほどの危機……サバイバル生活でもなかったぞ。

この危機を脱する方法は？

どうすれば……どうしたら……。

ああ、空は、空はこんなに青いのに……！

「──ッ」

と、そこで天啓が俺の脳裏に突き刺さる。

俺は直ちに叫んだ。

『空を自由に飛びたいな』！」

ゴッ──と。

瞬間的に、正座したまま俺は大空へと射出された。

空──空だ。

自由だ。

俺は自由だ！

「ふははは、俺は空が飛べるのだー！」

追い詰められた犯人が誰でもぺらぺら白状すると思ったら大間違い。

こんな開けた場所を対面の場に選んだのは間違い──

「私だって飛べるわこのアホがぁぁぁ────ッ！」

叫んだシルが発光からの変身。

竜の姿になって空へと羽ばたく。

「あー……」

ですよねー。

そりゃ竜ですもんねー。

さて、状況はより危機的なものになった。

しかし、であるからこそ冷静に現状を分析してみようと思う。

シルが怒っている。

以上だ。

注釈を入れるとするなら、せっかく落としどころを用意したのに俺がそれを蹴っ飛ばして逃走を図ったので、シルはその怒りをさらに燃えあがらせている可能性が高いということだろうか。

俺は『空飛び（長いので名称短縮）』を連続使用することで、かろうじて擬似的な飛行を可能とするが、シルのほうはナチュラルに空を飛び回ることができる。

つまり、俺がシルから逃げきることは難しく、命運は尽きかけているのだ。

わかりきった結果、だが正直どうしようもなかった。

俺が邪悪なマスコミに騙された愚か者であったことを知られるのは、どうしても我慢ならなかったのだ。

それに比べれば激オコのシルにボコボコにされたほうがマシである。

とはいえ、最後にもう一度、誠心誠意のゴメンナサイをして許してもらえるか試し——

「つておいぃぃぃぃ！」

ドギューンッ——と。

シルがぶっ放す問答無用のドラゴンブレス。

放たれた閃光《せんこう》は、青い紙の上に蛍光ペンでしゃっと直線を引いたみたいに空を切り裂く。

「うひぃぃぃ！」

俺はかろうじて『空飛び』で躱《かわ》したが、直撃したらどうなっていたことやら。

「うぉいこらー！　シルー！　俺を殺す気かぁー!?」

「この程度でお前が死ぬかぁ――――ッ！」

おお、なんとありがたくない信頼であろうか。

シルは俺を撃墜すべくズギューンッ、バギューンッと容赦なくブレスを吐きまくる。

これを俺は回避。『空飛び』連続使用で死に物狂いの回避。

「こらぁぁッ！　ちょこまか避《よ》けるなぁぁぁ――――ッ！」

「避けるよそりゃよぉぉぉ――――ッ！」

ゴメンナサイチャレンジは破綻《はたん》した。

もうこれ逃げきってほとぼりを冷ますしかないが、逃げるにしても俺の『空飛び』ではシルから逃げきることは叶《かな》わない。

事実、シルは緩急自在の飛行能力でもって通せんぼ、俺がこの王宮の上空外へと脱するのを阻止している。

幸い小回りだけは俺のほうが上だが、それも無理やりな小回り――無茶苦茶な軌道によって実現しているものであるため、あらゆる方向への慣性にぶん回される俺は気分が悪くなりつつあった。

これは早いところ、何かしらの手段を講じて決着をつけないとまずい。

と――

「コオォォォ……！」

あっれー!?

なんかシルが大口開けて光を集束させてんだけどー！

どうやらシルもまたとっとと決着をつけるつもりだ。

あー、来るよー、ヤバいの来るよー。

「ガァアアア――――――ッ!!」

「来たぁ――――ッ！」

放たれる爆発的な閃光。

シルの奴、広範囲ブレスを使ってきやがった！

「ヤダァァ――ッ！　ってあぁぁぁ――――――ッ!?」

俺は視力を奪われ、と同時に破壊の光を浴びる。

「ぬあぁぁ！　超熱いんですけどぉぉぉ――――――ッ!?」

熱い信頼のブレスがあまりにもあちあちで、俺は『空飛び』を途切れさせてしまい、結果として王宮の屋根に墜落する。

「ぐへぇ！」

けっこうな高さからの墜落はさすがに痛い。

でも奴隷商で受けた苦痛よりはちょっとマシだ、耐えられる。

あんな銭失いの経験でも役に立つことはあるんだなぁ、などと思いつつ、俺は懸命に身を起こす。

もたもたしていては追撃を喰《く》らう。

俺はなんとか立ち上がり——

「なっ!?」

そして愕然《がくぜん》とした。

なんということか、シルのあちあちブレスによって身につけていた服が跡形もなく消し飛び、俺は全裸になっていたのだ！

「ちょっ、こういう場合、腰まわりだけは残るものだろう!?」

星を砕くようなエネルギー波を喰らっても、腰まわりの衣服だけは無事というのがお約束なのに！

「ちくしょう、なんだよファンタジーめ、仕事しろよ！」

さすがに『猫袋』から着替えを出して身につける余裕はない。

だが、このままぶらぶらさせてお空に飛び出せば威厳などあったものではなく、それを目撃したとなればおちびーズが俺に抱く敬意など隕石《いんせき》みたいに墜落するだろう。

「ど、どうしたら、どうしたら……！」

なんかもう今日は追い詰められてばかりなんですけど！

ままならぬ現実に悲嘆し、絶望しかけた——その時だ。

「な……なに!?」

股間《こかん》の前に、もやもやとした亜空間が出現。

そしてにょきっとシャカが顔を出す。

今回はちょっと大きく、その顔は獅子や虎ほどもあった。

「シャ、シャカ?　お前そんなところ——って、まさかそういうことか!?」

シャカが出現したことにより、俺のデリケートゾーンは周囲の視線からしっかりガードされることになる。

これはあれだ、かなり気合いの入った海パン、あるいはぶかぶかでちょっと下にずれちゃった猛獣顔のチャンピオンベルトのようなもの。

これなら人前に出ても恥ずかしくない!

「シャカ……お前、俺を助けようと?」

「にゃ!」

そうだ、とシャカが鳴く。

ああ、なんと飼い主思いの猫であろうか!

「このお利口さんめ!　よーしよしよし、よーしよしよし!」

感激して撫《な》で回すと、シャカはごろごろ嬉《うれ》しそうにニャンコアイドリング。

まさに猫と飼い主の心温まる触れ合いであるが、背後から見られた場合、全裸の変態が自分の股間をよしよし撫で回していると勘違いされること間違いなしなのが玉に瑕《きず》だ。

そんなシャカとの触れ合いのなか、俺はふと気づく。

「シルの攻撃が……やんだ？」

不審に思い空を見上げる。

するとそこには、ホバリング状態でこちらを見下ろすシルの姿があった。

ただ妙なのは、シルが目を見開き、あんぐり口を開けていること。

竜の状態でも唖然《あぜん》としているのってけっこうわかるんだな、などと俺が思ったとき――

「へ、へ、変態だぁ――――ッ！」

シルが高らかに叫んだ。

もう周囲に響き渡るほど高らかに。

「おいこらやめろ！　変態だと!?　人聞きの悪い！　服はお前が消し飛ばしちまったんだろうが！　でもってこの猫は、俺の危機を察してこうして大事なところを隠してくれているんだよ！」

「変態だぁ――――ッ！」

「おいぃ!?　お前いま俺が説明したこと聞いてたぁ!?」

なんて奴だ。

ブレス攻撃をやめたかと思えば、今度は俺の名誉をごりごりと削ってきやがる。

「ひとまず変態変態言うのをやめろ！　俺は変態じゃない！」

「黙れド変態！　ちょっと目を離すとすぐこれだ！　どこでその得体の知れない猫を――はっ！　そうか！　さてはお前がますますおかしくなったのは、その猫が原因だな!?　ニャザトースの使徒だからと、妙な猫に取り憑《つ》かれたか！」

「ち、違う！　そんなんじゃない！　こいつは主《あるじ》思いの無害な猫、可愛《かわい》い奴なんだ！　お前が思うようなものじゃない！」

「うるさい！　お前と話していても埒《らち》が明かんのだ！　その猫は私が追い払ってくれる！　ちょっと我慢しろよ！」

「もう話すらさせてくんないのぉ!?」

俺の訴えに耳を貸さず、シルは「コホォォォッ」と再びブレスのチャージを始めてしまった。

「追い払うって思いっきり力業なのかよぉ！」

ヤバい、またあちあちブレスか？

いや、わざわざ我慢しろと言うほどだ、今度はあちあち程度では済まないだろう。

さすがにそれは防がないと怖い。

でも防ぎきれるか？

いや、防いだとしても中途半端ではその余波で王宮に被害が出かねない。

ここはもう攻撃に転じて、ブレスを撃たせないようにするしかないだろうか？

悪いのは俺なので、さすがに攻撃は控えていたが……どうもそんなこと言ってられない状況だ。

シルなら被害を出すような真似はしないと思うが、今は頭に血が上っちゃってるみたいだからなあ……。

やるしかないか——。

そう思ったとき、シャカが唸《うな》った。

「にゃうにゃうおぁーんおうおう……」

「シャカ？　まさかお前がやるのか？　シルに対抗するって？」

「んおぉーう」

その通りだ、とでも言いたげな唸り。

そこで俺の脳裏に鮮烈なイメージが浮かぶ。

「これは……まさか、これを……？　だが……いや、シルにここを破壊させるわけにはいかない。やるしかない、やるしか……！」

俺は覚悟を決め、自分を奮い立たせる。

「俺の心、もってくれよ！　羞恥心《しゅうちしん》三倍だ！」

「おあぁーお！」

シャカが大きく鳴いて応え、あんぐりと開けたお口に光が集束。

ギュンギュン集束。

そして――その瞬間は訪れた。

「ゴァアアァ――――――ッ！」

まず放たれたシルのお祓《はら》いブレス。

「んにゃぉおおぉ――――――んッ！」

ほぼ同時に放たれるシャカ渾身《こんしん》のねこねこ波。

傍《はた》から見ると股間からエネルギー波を撃っているようで、さすがの俺もこれはあまりに変態的であると羞恥に悶《もだ》えてしまう。

俺の黒歴史がまた一ページ……！

だが、今はシャカに頼るしかないのだ。

シルのブレス、シャカのねこねこ波。

二つは空中でぶつかり合い、そして──。

チュド────────ンッ!!

王都を揺るがす大爆発。

びりびりと痺《しび》れる衝撃が体を打つ。

怯《ひる》みながら確認した上空には──

「ぬあぁ～」

情けない声をあげながら、へろへろと庭園へ落下していくシルの姿があった。

ねこねこ波のほうが威力的に上回っており、シルは余波の影響を強く受けてしまったとか？

うーむ、だとしたらすごいな。

シャカ……おそろしい猫！

＊＊＊

「ケインに攻撃されたー。悪いのはケインなのに攻撃されたー」

お着替えしてから急いで庭園へ戻ってみると、そこには人型に転じたシルが地べたに体操座りしてむすーっと頬を膨らませており、左右にいるノラとディアによしよしと頭を撫でられ慰められていた。

いくら人の姿になっているとしても、ついさっきまで上空でアンギャーッとブレスを吐いていた竜の頭を撫で撫でとは……ノラとディアの度胸は並大抵ではないな。

将来、どんな豪胆な人物に成長してしまうのかと、そら恐ろしいくらいだ。

そんな三人の近くにはエレザと、その背後にラウくん、足元にペロ、でもってちょっと離れたところに及び腰なシセリアがいる。

王様陣営のほうは遠巻きに様子を見守るばかりだ。

「あー……っと、シルさんや、怪我《けが》とかはしてない？」

「む、馬鹿が来たな、ぬけぬけと」

「いや馬鹿が来たって……」

「お前馬鹿。ホント馬鹿。びっくりするほど馬鹿」

ちょっと視線を向けてきたものの、シルはすぐぷいっとそっぽを向いてしまう。

うん、完全に拗《す》ねちゃってるねこれ。

「ご、ごめんね？」

「むぅー……」

ちらっと、疑うような眼差《まなざ》しを向けてくるシル。

ここで面倒だからと放置すると、ますます面倒なことになる予感がしたので俺はご機嫌取りに終始する。

すると――

「あ、あの……」

いつの間にやら王宮の面々がこちらまで来ており、実に申し訳なさそうな感じで王様が話しかけてきた。

「状況がまったく飲み込めないのだが……」

「あー、そうか。そうだよな」

俺が来てからの騒動を見て、事態を察しろというのは無理な話。

さすがに酷だ。

「わかった。じゃあ簡単に説明を――」

「待て。説明は私がする。お前はすごく適当な説明をしそうだ」

俺が何を言っても「ふーんだ」「つーんだ」といじけて取り合ってくれなかったシルが横から告げ、よっこらせっと立ち上がるとお礼とばかりにノラとディアの頭を優しく撫でる。

これには二人もにっこりだ。

「さて、事の発端はだな――」

と、シルは明らかになった真実を絡めつつ、現在に至るまでの経緯を王様に説明。

それからお騒がせしたことを謝罪した。

「すっかり迷惑をかけてしまったな。そこで、お詫《わ》びといってはなんだが、今後、何か困ったことがあれば協力しよう。例えば……そうだ、近隣の国々が攻め込んできて困るといったような場合、敵兵がここに辿《たど》り着くよりも先に、攻めてきた国々を懲らしめてやるぞ」

「え、ええ、そ、その時は……」

それは頼もしい切り札となるはずだが、ブレスをばかすか放っていたシルによほど肝を冷やしたか、王様は引きつった笑顔で応じるばかりだ。

これではいざとなってもお願いできるかどうか。

そこで俺は考えた。

「なあシル」

「あ？」

「い、いや、そんな睨むなよ。えっとな、思ったんだが、攻めてくるかどうかわからない国への対処よりも、森から魔獣が溢《あふ》れ出した場合に助けてやるって話のほうが喜ばれるんじゃないか？　聞けば、大暴走の兆候があるって、ここ二年ほど警戒してるらしいぞ？」

そう提案したところ――

「はぁー……」

深々と、もうこれ見よがしに深々とシルはため息をついた。

「な、なんだよ」

「お前な……それ、お前のせいだぞ、きっと」

「は？」

「兆候がどんなものかは知らないが、お前これまでに何度か森を騒がせているだろ。大暴走の気配なんぞ、今の森にはないぞ」

「「「「「「え？」」」」」」

庭園にいたほとんどの者たちが声を発した。

俺もその一人だ。

この日、約二年にわたりユーゼリア王国を悩ませていた『大暴走の予兆』が杞憂《きゆう》であったことが明らかとなった。

一件落着である。

「むー、私、なんにもしてない……」

ほっと胸をなでおろす者が多いなか、意気込んで場に臨んだノラは肩透かしにあってやや拗ね気味なご様子だった。

＊＊＊

王様たち王宮の面々はひどく緊張を強いられていたらしく、『森の家爆破事件』における犯人捜しが無事（？）に解決し、ついでに魔獣の大暴走の心配までなくなった結果、ずいぶんと気が抜けてしまったようだ。

王様に至っては、一気に老け込んだような呆《ほう》けぶりである。

そんななか――

「で、実際のところ、お前に何があったんだ？」

幾分落ち着いた様子でシルが尋ねてきた。

きっと大暴れしたことで気分がすっきりしたのだろう。

「シル、まあ待て、それについては落ち着いた場所でゆっくり語り合ったほうがいいだろう。あと、お前にぜひ知ってもらいたいことが――」

「誤魔化すのか？」

「いやいやいやいやいや、そうじゃない。きっと喜んでもらえる話だから。もしお前がなんとも思わなければ、その時は大人しく俺に何があったのか説明するから」

「つまり普通に喋《しゃべ》るつもりはないんだな？」

「んんーっ、もしかしたら、あるいは、たぶん……そんな感じ？」

「……」

俺を見るシルの目が冷たい。

一方、王様たちは「やめて？　お願いだからもうやめて？」と言いたげな、潤んだ瞳でこちらを見つめていた。

シルもこれに気づいたのだろう。

「ふぅー……。まあいい。話はあとで、ということだな」

暴れたことを謝っておいて、またここで暴れてはさすがにワンパクすぎると考えたのか、シルはすんなりと聞きわけた。

「悪いな」

「馬鹿め」

ふん、とシルにそっぽを向かれる。

落ち着きはしたが、さすがに機嫌が良くなってまではいないか。

まあそれでも、俺が異世界の品々を創造できると知れば、少しは機嫌も良くなるだろう。

森で暮らしている頃、シルはお土産としてよく料理を持ってきてくれ、その時は必ず酒とセットだった。むしろ酒がメインですらある。シルは持ってきた酒を飲み、飲み、飲み、でもって酔っぱらうとくだを巻き、俺をたいへん困らせたものだ。

まあちょっと話は逸《そ》れたが、要はシルが酒好きであり、俺は異世界の酒をいくらでも創造できるというところがポイントである。

これならシルも機嫌を直すに違いない。

ともかく、これでようやく王宮での二つある問題のうち、一つを片付けることができた。

正確には目処《めど》がついたというべきだろうが。

となれば次はもう一つの問題。

ノラの処遇について、ノラの親父《おやじ》さんとの面談である。

「戻ったら冒険者になる訓練は控えるという約束だったな」

ノラの親父さんは王様の隣にいた男性二人のうちの細身のほうだった。名前はオルトナード。端正な顔立ちではあるが、娘を前にしても表情が淡泊で味気ないため、冷淡な印象を受ける人だ。

「約束は約束なのでな。これを蔑《ないがし》ろにすることはできない」

「あうー……」

さらに、ノラの親父さんは頑固っぽく、はっきりそう言われてノラはしょんぼり。

しかし――

「が、王族として、自分の望みよりも王都の安全を優先させた判断もまた、蔑ろにすることはできない。事実、彼をすみやかに案内してきたからこそ、問題の早期解決に繋《つな》がった」

おや、ノラの親父さん、意外と話のわかる人っぽい。

「そこで、だ。彼に師事するならば、例外的に冒険者になるための訓練を続けることを認めよう」

「本当!?　――先生！」

ノラが目をきらきらさせて俺を見る。

ついでにディアもきらきらした目で見てくる。

「どうかな？」

もうあとは俺の返事一つと、親父さんが確認してくる。

こんなの断れるわけないだろうに。

「ふう、わかったよ……」

「よし、では報酬を用意しようか」

「いや、それはいらない。これは仕事とは別だ」

「……そうか。では、話は以上だな」

わずかに微笑んだような、そうでないような、ともかくノラの親父さんはそう告げると、踵《きびす》を返してさっさと立ち去ろうとする。

が、その途中でふと動きを止めてノラを見た。

「たまには報告に戻るように」

「はーい！」

ノラは嬉しそうに元気よく返事をした。

＊＊＊

王宮から宿屋に戻ったあと、やはりシルは俺に何があったのかを執念深く聞きだそうとしてきた。

そこで俺は計画通り、まず元の世界の品を創造できるようになったことを説明して気を逸らし、続けてシルの前にどんどん酒を用意してたらふく飲ませることで見事誤魔化すことに成功した。

「異世界の品々を創造できるとか、お前すごいな！」

創造した酒はそう高価なものではないが、それでもこの世界にある一般的な酒に比べれば、その味や品質はずっと高水準。

これがたいへん口に合ったようで、シルはかつてないほどゴキゲンになっていた。

「だけど制限はあるぞ？　創造できるのは実際に俺が食べたり飲んだりしたことのあるもの、あとは簡単な構造のものだけなんだ」

「いやー、充分だろう。充分充分。それより聞いてくれよ～」

すっかり酔っぱらったシルは自分の話を始める。

それは妹に誘われ『さまよう宿屋』へ行っていたという話で、これに興味を持った宿屋夫婦が聞き手に加わる。せっかくなので二人にもお酒を出して、おちびーズにはジュースとお菓子を用意した。

「うぃ～、これでもう妹はでかい顔ができないぞ！　やったな！」

「いや俺としてはどうでもいいんだが……」

「よくはないだろぉ～？」

シルが背中を叩《たた》いてくる。

痛いです。

地味に痛いんです、酔っぱらった竜の平手は。

バシンバシン、ならいいんだけど、なんかドゴーンドゴーンって感じなので。

「よし、ケイン、妹を見返すためにも、あれだ、ほれ、あれ、お土産！　お酒な、いっぱいな！入れる樽《たる》、用意して。樽、いっぱい！」

「どんだけお土産にするつもりだ……」

結局、シルは三十樽ほどを魔法鞄《かばん》に詰め込み、ほくほくした顔で「近いうちにまた来る！」と言い残して帰っていった。

ずいぶんとあっさりしたものだが……ここは『いつも』に戻ったからこそと考えよう。

ただ、ちょっと気になるのは――

「もしかして、俺ってあいつが要求するたびに酒を用意しないといけなくなったのか？」

俺に何があったか聞かない。それを交換条件にされたら、もう俺は要求されるがままに酒を用意するしかないわけで……。

＊＊＊

さて、色々あったがこれでノラは晴れて冒険者になるための訓練ができるようになった。

が、俺は冒険者になるための訓練など施すことができない。

どうしたものかと考えていたところ、エレザが素晴らしい助言をしてくれた。

「ではケイン様が冒険者として活動する様子を見学させてみてはいかがでしょう？　例えば薬草の採取といった……ああ、ごく一般的な薬草ですからね？」

「なるほど……！」

俺は冒険者になったばかり。

つまり俺がやる仕事は、ノラが冒険者になったときにまず始める仕事であり、つまりつまり、今のうちから俺の仕事を見学することは冒険者としての学習に繋がる。要はこれも訓練の一環ということだ。

実に名案である。

「というわけで、今日の訓練は俺と一緒に街の外へ行って薬草を集めることだ！」

色々あった翌日の早朝。

俺は出発準備を終えたおちびーズに告げる。

「はい！」

「はーい！」

「……んー」

「わん！」

元気よく応えるおちびーズはやる気満々。

一名、まだ眠そうな顔でお姉ちゃんに寄りかかっている子もいるがまあよしとしよう。

このほかにも、みんなのお弁当が詰められた籠《かご》を持つエレザ、それからなぜかこの森ねこ亭に宿泊することになったらしい、心なしかしょんぼり顔のシセリアが薬草採取に参加する。

「では出発！」

「しゅっぱーつ！」

「いってきまーす！　……ラウくん、ほら、いってきますって」

「んー……いてき……」

にこにこ手を振る宿屋夫婦に見送られ、俺たちは森ねこ亭を出る。

雰囲気は完全にピクニックへお出かけ、である。

もちろん、ちゃんと薬草も集める。

集めるが……うーむ、考えてみると、頑張って集めても所詮《しょせん》はおちびーズのお小遣い程度なんだよな。

正直、なんで薬草採取なんぞ、という気持ちもある。

だがそれでも心持ちは軽いし、目を瞑《つぶ》ればそこにいるシャカもごろごろ喉を鳴らしてご機嫌な様子だ。

「まあ、スローライフしていた頃の薬草探しとは違うからな……」

俺は思う。

やはりスローライフというまやかしに見切りをつけたのは正解だったと。

あとは悠々自適な生活を送れさえすれば、もうそれ以上望むことなどない。

「早く実現させたいもんだ……」

先を行く、きゃっきゃとにぎやかなおちびーズを眺めながら、俺はぼんやりと呟《つぶや》くのだった。

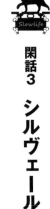

閑話3 シルヴェール

私の名はシルヴェール。

アロンダール山脈に棲《す》む竜の一体だ。

私たちがこの地に居を構えているのは、単純に魔素が豊富であるという以上の意味はない。

これは他の地に棲む竜たちも同じこと。

要は快適な場所で暮らしているというだけの話である。

しかしながら、事実はどうあれ竜以外――特に人などは竜がそこに棲んでいることを特別に捉えたがり、なにかとご大層な理由をつけてくる。

例えば、その地の守護者だのなんだのと私たちを持ち上げてくるわけで、正直なところそれに合わせるのは面倒くさい。

とはいえ、だ。

敬われるならそれに合わせて応じるのが力を持つ者の責任であるし、一応、竜としての面子《メンツ》もあるわけで、ただ過ごしやすいから棲んでいるとついぶちまけたくなるのをぐっと堪《こら》え、できるだけ威厳ある演技をしつつ、担ってもいない役割に対しての感謝を甘んじて受け入れている。

うちの場合は山脈の麓《ふもと》に広がる森の管理者という立場だ。実際はただ自分たちの『庭』が荒れすぎないよう、たまに手入れするくらいのこと。森の様子がおかしいことに気づいたら出向き、原因を排除。これを人が——主に森に面しているユーゼリア王国の人間が勝手に勘違いしてありがたがっている、それだけの話なのだ。

森の様子が少し妙だと母が言うので、その日、私はまず原因を見つけるべく上空から森の様子を観察した。

その結果見つけたのが、森で生活している一人の男だった。

初めは無謀にも森の奥にまで踏み込んだ狩人かと思ったが、すぐにその男が普通ではないことに気づいた。

魔の者でもあるまいに、その男は森の魔素を溜《た》め込み、人でありながら人の枠組みから逸脱しようとしていたのだ。

このままでは人の形をした自然現象——例えば嵐や地震のような災害へと変貌し、その一喜一憂で周囲の環境を激変させ、破壊と混沌《こんとん》をもたらす災厄へと成り果てることになる。

森の異変、その原因は間違いなくあの男。放っておけば、そう遠くないうちに異変どころか破滅をもたらすことになる。

今のうちに消し飛ばすか？

それが異変を排除する、もっとも手っとり早く確実な手段。

なのだが……なぜだろうか、それが成功する気がまったくしない。

それはつまり、私ではあの男を殺せないと感じてしまっているということだ。

そんな馬鹿なとしばし困惑した後、私はふと気づく。

男のいる広場が、よく見れば大きな肉球の形になっていることに。

まさか――。

ある可能性に思い至ったことで私は男に攻撃を仕掛けることを取りやめ、まずは対話を試みることにした。

人の姿になり、なるべく警戒させないように……。

結論から言うと、この選択は正解であった。

男は神であるニャザトースが送り込んだ存在――使徒だったのだ。

判明した瞬間は血の気が引いた。

うっかり攻撃していたら、どんな結果をもたらしていたことか。

危なかった……本当に危なかった……。

生まれて初めて同族以外に恐怖を覚えることになった私は、なるべく男と敵対しないよう慎重に対話を続ける。

結果としてわかったことは、男は森で隠遁《いんとん》生活を送ることを望んでおり、わざわざニャザトースにお願いしてこの場へ送ってもらったという、なんだかよくわからない事実だった。

はあ、それがスローライフと……。

男は嬉々《きき》としてスローライフについて語るのだが、私にはまったくその良さがわからなかった。

ともかく、男は森を荒らしたいわけではないらしい。

どうやらニャザトースから与えられた『適応』という能力が、本来であれば長い期間を必要とするはずの『枠組みからの逸脱』を短期間で促進してしまっているようなのだ。

これはどうしたものか……。

さすがに強者たる竜とて、ニャザトースの恩恵をどうこうすることはできない。

ひとまずは戻って家族に報告だろう。

そしてなんらかの対策を講じるのだ。

＊＊＊

男――ケインを発見してから、私は異世界の話を聞かせてもらう代わりに食料や生活に役立つ道具や家具、それからこの世界について知ることができる書物などを提供するようになった。

要は親交を深めたということだが、信頼を得るためという打算も含まれていた。

それは偏《ひとえ》に、ケインを災厄へと変貌させないためである。

かなり打ち解けてきたところで、私はケインに『生命の果実』を食べさせた。

人はこれを『若返りの果実』と認識しているが、実際は食べたものの『器』を広げる代物であり、若返るのは副次的な効果にすぎない。

結果、ケインは年齢の半分にまで肉体が若返ることになった。

と同時に、災厄へと至る心配もなくなる。

溜め込まれた魔素はまだケインの内に残るが、余計な干渉をしなければ問題はない。

そもそもケインはその事実すら知らないのだし。

その後、自身の若返りを驚くケインに対し、ひとまず『ちょっとした悪戯《いたずら》だった』ということで私は笑って誤魔化《ごまか》した。

変に義理堅いところがある奴だから、このことを知られると無駄に恩に着られる可能性があったのだ。

私は大人しく説教された。

正座はちょっとつらかった。

あんなに足が痺《しび》れたのは初めてで、しかし、思い返せば楽しい経験でもあった。

良くも悪くも、ケインを見ていると退屈しない。

だがその退屈しない時間も、長きを生きる竜からすればほんのわずかな暇《いとま》にすぎず、いずれは偲《しの》ぶべき追憶となるのだろう。

竜は気に入ったものを見つけるとしばらく執着する。

妹の場合は、それが『さまよう宿屋』で、私の場合はこいつだったということだ。

あいかわらずスローライフというものはよくわからないが、多少の便宜を図りながらしばらくは見守ろう。

そう思った、思っていた。

だが、しばしの遠出から戻りケインを訪ねたところ、そこにあったはずの家はなく、代わりに大きな爆発の跡だけが残っていた。

茫然《ぼうぜん》とした。

あれほど茫然としたのは生まれて初めてだ。

やっと家が完成したと、本当に嬉《うれ》しそうにしていたケインの顔が思い起こされると、次第に怒りが湧き上がってきた。

これをやったのが何者かは知らんが……許せん。

ケインは……まあ、あんな存在を殺せるようなものはいないと思うので、きっと森のどこかに身を潜めているのだろう。

となると見つけるのは至難。

ならば私がやるべきは犯人捜しか。

報いを受けさせてやらねば……！

＊＊＊

犯人はケインだった。

うん、ちょっとわけがわからない。

自分で自分の家を吹き飛ばすとかお前な……。

私がどれだけ心配していたと。

もしかしたら死んでいるんじゃないか、そんな不安を、奴が死ぬわけがないという希望で打ち消していたというのに、この馬鹿は。

さすがにカッとなって怒鳴り散らしてしまったが、考えてみれば手足がもげようが死にかけようが頑《かたく》なに森から出なかった男がこうして森を出ている、それは相当なことだ。

よほどの理由があると思い、それさえ教えてくれたら許してやろうと思ったが……やはりケインは馬鹿だった。

この期に及んでなぜ逃げる、往生際が悪すぎだ。

これはもうきっちり懲らしめてやらねばと思った。

思ったのだが……まさか負かされるとは思わなかった。

悪いのはケインなのに。

ふて腐れているとケインは謝ってきたが、それでも何があったか語るつもりはないようだった。

ぐぬぬ……なんとしても聞きだしてやらねば……！

そう決意し、私はケインに改めて尋ねるが――。

ほう、異世界の酒か、興味ある。

興味あるぞ、どれどれ……。

……うまうま。

くたばれスローライフ！

くたばれスローライフ！ 1

2023年3月25日　初版第一刷発行

著者　古柴
発行者　山下直久
発行　株式会社KADOKAWA
〒102-8177　東京都千代田区富士見2-13-3
0570-002-301（ナビダイヤル）
印刷・製本　株式会社広済堂ネクスト
ISBN 978-4-04-682202-4 C0093

企画　株式会社フロンティアワークス
担当編集　小寺盛巳／福島瑠衣子（株式会社フロンティアワークス）
ブックデザイン　株式会社 TRAP（岡 洋介）
デザインフォーマット　ragtime
イラスト　かねこしんや

本シリーズは「小説家になろう」（https://syosetu.com/）初出の作品を加筆の上書籍化したものです。

この作品はフィクションです。実在の人物・団体・事件・地名・名称等とは一切関係ありません。

最低キャラに
転生した俺は生き残りたい
霜月雹花
Shimotsuki Hyouka
イラスト：キッカイキ
転生したキャラクターは、
あろうことか
悪役&最低キャラ!?
STORY
生前やり込んだゲーム世界の最低キャラに転生してしまったジン。
そのキャラクターは3年後、婚約破棄と勇者に倒されるせいで悪に墜ちる運命なのだった。
彼は目立たぬよう、獣人クロエと共に細々と冒険者稼業の日々を送るが、
平穏な日常を壊す、王女からの指名依頼が舞い込んでしまい――!?
MFブックス
MFブックス新シリーズ発売中!!

好評発売中!!

毎月25日発売

盾の勇者の成り上がり ①～㉒
著：アネコユサギ／イラスト：弥南せいら
極上の異世界リベンジファンタジー！

槍の勇者のやり直し ①～③
著：アネコユサギ／イラスト：弥南せいら
『盾の勇者の成り上がり』待望のスピンオフ、ついにスタート!!

フェアリーテイル・クロニクル ～空気読まない異世界ライフ～ ①～⑳
著：埴輪星人／イラスト：ricci
ヘタレ男と美少女が綴るモノづくり系異世界ファンタジー！

春菜ちゃん、がんばる？ フェアリーテイル・クロニクル ①～⑧
著：埴輪星人／イラスト：ricci
日本と異世界で春菜ちゃん、がんばる？

無職転生 ～異世界行ったら本気だす～ ①～㉖
著：理不尽な孫の手／イラスト：シロタカ
アニメ化!! 究極の大河転生ファンタジー！

無職転生 ～異世界行ったら本気だす～ スペシャルブック
著：理不尽な孫の手／イラスト：シロタカ
本編完結記念！ 豪華コンテンツを収録したファン必読の一冊!!

八男って、それはないでしょう！ ①～㉗
著：Y・A／イラスト：藤ちょこ
富と地位、苦難と女難の物語

異世界薬局 ①～⑨
著：高山理図／イラスト：keepout
異世界チート×現代薬学。人助けファンタジー、本日開業！

魔導具師ダリヤはうつむかない ～今日から自由な職人ライフ～ ①～⑧
著：甘岸久弥／イラスト：景
魔法のあふれる異世界で、自由気ままなものづくりスタート！

服飾師ルチアはあきらめない ～今日から始める幸服計画～ ①～②
著：甘岸久弥／イラスト：雨壱絵穹／キャラクター原案：景
いつか王都を素敵な服で埋め尽くす、幸服計画スタート！

異世界で手に入れた生産スキルは最強だったようです。 ～創造&器用のWチートで無双する～ ①～⑤
著：遠野九重／イラスト：人米
手にした生産スキルが万能すぎる!? 創造したアイテムを使いこなせ！

アラフォー賢者の異世界生活日記 ①～⑰
著：寿安清／イラスト：ジョンディー
40歳おっさん、ゲームの能力を引き継いで異世界に転生す！

人間不信の冒険者たちが世界を救うようです ①～⑤
著：富士伸太／イラスト：黒井ススム
アニメ化!! 最高のパーティーメンバーは、人間不信の冒険者!?

【健康】チートでダメージ無効の俺、辺境を開拓しながらのんびりスローライフする ①～②
①著：坂東太郎／イラスト：鉄人桃子
②著：坂東太郎／イラスト：吉武／キャラクター原案：鉄人桃子
元ニート、チートスキルで【健康】になる！

最強異端の植物使い ①～②
著：福寿草真／イラスト：匈歌ハトリ
無限に活用できるチートスキル『植物図鑑』で異世界を無双します！

MFブックス既刊

氷魔法のアイス屋さんは、暑がり神官様のごひいきです。 ①〜②
著：天ノ瀬／イラスト：TCB
転生した異世界でアイス屋さんはじめました！

転生無敗の異世界賢者 〜ゲームのジョブで楽しいセカンドライフ〜 ①〜③
著：蒼月浩二／イラスト：福きつね
追放されたけど、最強職『賢者』で楽しいセカンドライフはじめます！

神様のミスで異世界にポイっとされました 〜元サラリーマンは自由を謳歌する〜 ①〜②
著：でんすけ／イラスト：長浜めぐみ
誰にも邪魔されず、我が道をゆく元サラリーマンの異世界放浪記！

戦闘力ゼロの商人 〜元勇者パーティーの荷物持ちは地道に大商人の夢を追う〜 ①
著：3人目のどっぺる／イラスト：Garuku
大商人になる夢を叶える。そう誓った男の成り上がりファンタジー！

世界で唯一の魔法使いは、宮廷錬金術師として幸せになります※本当の力は秘密です！ ①〜②
著：一分咲／イラスト：nima
魔法と秘密の力で幸せをつかむ、ファンタスティックラブコメディ開幕！

武器に契約破棄されたら健康になったので、幸福を目指して生きることにした ①
著：嵐山紙切／イラスト：kodamazon
超病弱から一転、健康に！ 膨大《ぼうだい》な魔力を使って自由に生きる！

サムライ転移〜お侍さんは異世界でもあんまり変わらない〜 ①
著：四辻いそら／イラスト：天野英
大蛇もゴブリンも傭兵も、歯向かう者は斬り倒す!!!

使い潰された勇者は二度目、いや、三度目の人生を自由に謳歌したいようです ①
著：あかむらさき／イラスト：かれい
二度目の人生で酷使された勇者、三度目の人生こそ自由な生活を送りたい！

走りたがりの異世界無双 〜毎日走っていたら、いつの間にか世界最速と呼ばれていました〜 ①
著：坂石遊作／イラスト：諏訪真弘
転生したから走りたい！ 才能ないけど好きなことします！

最低キャラに転生した俺は生き残りたい ①
著：霜月雹花／イラスト：キッカイキ
最低キャラで悪に堕ちる3年後までに、転生者はゲーム知識で運命に抗う！

くたばれスローライフ！ ①
著：古柴／イラスト：かねこしんや
これはスローライフを憎む男のスローライフ！

辺境の魔法薬師 〜自由気ままな異世界ものづくり日記〜 ①
著：えながゆうき／イラスト：パルプピロシ
転生先は〝もはや毒〟な魔法薬だらけ!? ほのぼの魔法薬改革スタート！

「こぼれ話」の内容は、
あとがきだったり
ショートストーリーだったり、
タイトルによってさまざまです。
読んでみてのお楽しみ！

アンケートに答えて著者書き下ろし「こぼれ話」を読もう！

よりよい本作りのため、読者の皆様のご意見を参考にさせて頂きたく、アンケートを実施しております。

奥付掲載の二次元コード（またはURL）にお手持ちの端末でアクセス。
↓
奥付掲載のパスワードを入力すると、アンケートページが開きます。
↓
アンケートにご協力頂きますと、著者書き下ろしの「こぼれ話」がWEBで読めます。

- PC・スマートフォンに対応しております（一部対応していない機種もございます）。
- サイトにアクセスする際や、登録・メール送信時にかかる通信費はご負担ください。
- やむを得ない事情により公開を中断・終了する場合があります。